INVISÍVEL

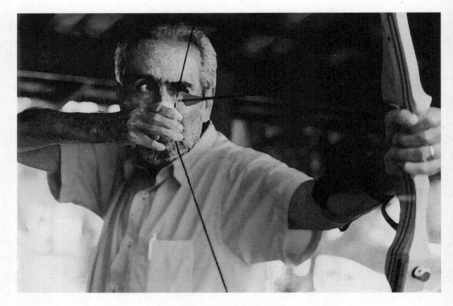

O Arqueiro

GERALDO JORDÃO PEREIRA (1938-2008) começou sua carreira aos 17 anos, quando foi trabalhar com seu pai, o célebre editor José Olympio, publicando obras marcantes como *O menino do dedo verde*, de Maurice Druon, e *Minha vida*, de Charles Chaplin.

Em 1976, fundou a Editora Salamandra com o propósito de formar uma nova geração de leitores e acabou criando um dos catálogos infantis mais premiados do Brasil. Em 1992, fugindo de sua linha editorial, lançou *Muitas vidas, muitos mestres*, de Brian Weiss, livro que deu origem à Editora Sextante.

Fã de histórias de suspense, Geraldo descobriu *O Código Da Vinci* antes mesmo de ele ser lançado nos Estados Unidos. A aposta em ficção, que não era o foco da Sextante, foi certeira: o título se transformou em um dos maiores fenômenos editoriais de todos os tempos.

Mas não foi só aos livros que se dedicou. Com seu desejo de ajudar o próximo, Geraldo desenvolveu diversos projetos sociais que se tornaram sua grande paixão.

Com a missão de publicar histórias empolgantes, tornar os livros cada vez mais acessíveis e despertar o amor pela leitura, a Editora Arqueiro é uma homenagem a esta figura extraordinária, capaz de enxergar mais além, mirar nas coisas verdadeiramente importantes e não perder o idealismo e a esperança diante dos desafios e contratempos da vida.

ELOY MORENO
INVISÍVEL

Traduzido por Rodrigo Peixoto

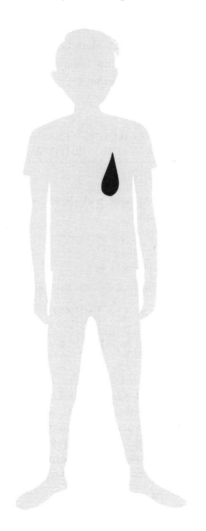

Título original: *Invisible*
Copyright © 2020 por Eloy Moreno
Copyright da tradução © 2024 por Editora Arqueiro Ltda.
Copyright © 2020 por Penguin Random House Grupo Editorial, S. A. U.
Travessera de Gràcia, 47-49, Barcelona 08021, Espanha

Todos os direitos reservados. Nenhuma parte deste livro pode ser utilizada ou reproduzida sob quaisquer meios existentes sem autorização por escrito dos editores.

coordenação editorial: Alice Dias
preparo de originais: Priscila Cerqueira
revisão: Ana Sarah Maciel e Livia Cabrini
diagramação: Guilherme Lima e Natali Nabekura
capa e ilustração: © Ed Carosia
impressão e acabamento: Associação Religiosa Imprensa da Fé

CIP-BRASIL. CATALOGAÇÃO NA PUBLICAÇÃO
SINDICATO NACIONAL DOS EDITORES DE LIVROS, RJ

M842i
    Moreno, Eloy
        Invisível / Eloy Moreno ; tradução Rodrigo Peixoto. - 1. ed. - São Paulo : Arqueiro, 2024.
        304 p. ; 21 cm.

        Tradução de: Invisible
        ISBN 978-65-5565-673-2

    1. Ficção espanhola. I. Peixoto, Rodrigo. II. Título.

24-91702
    CDD: 863
    CDU: 82-3(460)

Meri Gleice Rodrigues de Souza - Bibliotecária - CRB-7/6439

Todos os direitos reservados, no Brasil, por
Editora Arqueiro Ltda.
Rua Artur de Azevedo, 1.767 – Conj. 177 – Pinheiros
05404-014 – São Paulo – SP
Tel.: (11) 2894-4987
E-mail: atendimento@editoraarqueiro.com.br
www.editoraarqueiro.com.br

Qualquer um pode ser um herói, até quem faz algo tão simples quanto colocar um casaco sobre os ombros de um menino para que ele saiba que o mundo não acabou.

— BATMAN
O cavaleiro das trevas ressurge

Não é necessário ter visão de raio X para enxergar o que está errado.

— Super-homem

Faz mais de cinco minutos que ela está parada na esquina, encarando a porta do outro lado da rua sem saber o que fazer: entrar agora ou voltar amanhã com as mesmas dúvidas de hoje.

Respira fundo e começa a andar. Atravessa a rua quase sem olhar para os lados e, alguns metros depois, empurra a porta com medo.

Pronto.

Pedem que espere um pouco no sofá, pois logo será atendida.

Enquanto espera, observa as obras de arte que tomam conta das paredes, desenhos que provavelmente nunca serão expostos em museus, mas que em sua maioria serão vistos por muito mais gente.

Não será o seu caso. Sua obra será vista apenas por ela, mais ninguém. Pelo menos é o que imagina agora.

Poucos minutos depois pedem que se dirija à outra sala, menor, mais escura, mais íntima...

Assim que entra, ela vê.

Deitado sobre a mesa, grande, muito grande, capaz de cobrir suas costas inteiras, está: um dragão gigantesco.

Mais uma vez lhe explicam como será o processo, a técnica, o tempo que levará... e avisam: se dói sobre costas normais, nela vai doer ainda mais.

Reflete de novo por alguns segundos.
Resolve seguir em frente.
Tira a camiseta e a calça, tira também o sutiã e assim, praticamente nua, deita-se de bruços na maca, deixando à mostra um dorso que dói só de olhar. Um dorso tomado por cicatrizes – dessas que nascem do fogo – que foram crescendo na pele de uma mulher que há muitos anos, quando ainda menina, visitou o inferno.

"Vamos começar", escuta.
Ela estremece e fecha os olhos com tanta força que volta ao passado, quando tudo aconteceu.
Foi há muito tempo, mas continua sentindo dor e medo sempre que pensa nisso, algo impossível de ser apagado.
Com o passar dos anos foi percebendo que algumas lembranças doem como se tivessem acontecido ontem.
E assim, pouco a pouco, sobre uma pele em relevo com cheiro de passado, um dragão vai ganhando vida.
Após sua mente passar horas saltando entre passado e presente, como um pássaro que teme tanto o voo quanto o chão, ela decide se olhar no espelho.
Ali está o começo do dragão, seu dragão. Que nasce no ponto exato em que suas costas encontram os quadris e que vai acabar na nuca, dias depois, quando estiver completo.
Suspira e sorri, finalmente decidida.
O que ainda não sabe é que em certos momentos esse dragão vai despertar e ela nem sempre será capaz de contê-lo.
O que ainda não sabe é que não é ela que está tatuando um dragão nas costas: o dragão é que encontrou um corpo sobre o qual viver.

INVISÍVEL

De novo a mesma coisa.

Acabo de acordar tremendo, com o coração batendo forte contra as costelas, como se quisesse escapar do corpo, e a sensação de ter um elefante sentado no meu peito.

Às vezes respirar é tão difícil que parece que vou sufocar se não abrir bem a boca.

A boa notícia é que já sei o que fazer. Me explicaram no meu primeiro dia aqui. Quer dizer, no terceiro, porque não me lembro de nada dos dois primeiros.

Preciso contar até dez enquanto respiro lentamente, tentando fazer com que, pouco a pouco, meu corpo se acalme, o coração sossegue e o elefante vá embora.

Um, dois, três... inspiro e expiro.

Quatro, cinco, seis... inspiro e expiro.

Sete, oito, nove, dez... inspiro e expiro.

E faço tudo de novo.

Também é importante que eu não me assuste sempre que acordar. Preciso lembrar que estou num lugar seguro. Não posso ficar nervoso... para não repetir o que aconteceu na primeira noite: quando abri os olhos, fiquei tão apavorado que comecei a gritar.

Tento não me assustar agora, esperando que meus olhos se

acostumem com a pouca luz ao meu redor, uma luz que lentamente me ajuda a distinguir o mundo à minha volta.

Um, dois, três... inspiro e expiro.

Quatro, cinco... inspiro e expiro.

Seis, sete...

Parece que está dando certo, que parei de tremer, que meu coração desacelerou e que o elefante se levantou do meu peito.

Fico quieto.

* * *

Agora que estou mais tranquilo começo a distinguir vários sons: passos distantes, muito lentos, vindos de pessoas que arrastam os pés; vozes, sussurros, palavras que não entendo; sons estranhos, como de gente chorando baixinho, abafando lamentos com a boca tapada; e de vez em quando o silêncio, de vez em quando um grito... e outros mil sons.

Ah, e entre todos esses sons um é meu. Digo que é meu porque está dentro da minha cabeça. Parece um apito, tão alto que às vezes sinto como se uma agulha atravessasse meus ouvidos de um lado a outro. Vai e vem o dia inteiro, mas me perturba especialmente à noite, quando tudo está em silêncio.

Um, dois, três... inspiro e...

Paro de contar, acho que já consegui.

Agora que estou mais calmo, que já sei onde estou, começo a me mexer, e é quando a dor começa.

Mexo meus dedos, abro e fecho as mãos devagar, primeiro a esquerda, depois a direita, depois as duas ao mesmo tempo. Tento mexer o pescoço, e isso dói, dói muito, mas continuo tentando, girando um pouco a cabeça para os dois lados.

Continuo.

Tento mexer as pernas, primeiro a esquerda, depois a direita...

É nesse momento, ao tentar dobrar minha perna, que percebo uma mão segurando minha coxa.
Me assusto de novo.
Começo a tremer.
O elefante retorna.
Um, dois, três... inspiro e expiro.
Quatro, cinco, seis... inspiro e expiro.
Sete, oito, nove...

* * *

Volto a esticar minha perna, mas a mão não me solta.

Tento lembrar o que está acontecendo, por que essa mão está aqui, por que escuto esse apito tão alto, por que estou nesta cama, por que às vezes tenho a sensação de estar debaixo d'água, me afogando...

Com o olhar, procuro o pequeno relógio na parede à minha frente, desses com números que brilham no escuro: 2h14, mais ou menos como nas últimas noites. Parece que, mesmo com o remédio, não consigo dormir mais que três ou quatro horas seguidas.

Mas as coisas foram melhorando: parei de gritar quando acordo, parei de chorar ao mexer o corpo e cada vez demoro menos para conseguir lembrar onde estou. Ah, e o mais importante de tudo: as pessoas já conseguem me ver.

Parece que, desde o acidente, não consigo mais ficar invisível. Talvez o impacto tenha me alterado por dentro. Ou os poderes, da mesma forma que chegaram, foram embora. Estou aqui há cinco dias e ainda não consegui sumir.

Vou tentar dormir mais um pouco, por pelo menos uma hora, porque uma hora é melhor do que nada.

Fecho os olhos.

Conto de um a dez.
Respiro lentamente.
A mão continua aqui, agarrando minha perna.

* * *

A mão das cem pulseiras

No mesmo instante em que uma pessoa ex-invisível tenta voltar a dormir, a uns cinco quilômetros de distância, num pequeno quarto de um edifício de seis andares, uma mão repleta de pulseiras acorda. E acorda também o corpo unido a essa mão.
Não consegue dormir bem há cinco dias, desde o acidente. Também está tomando remédio, também sem efeito.
Acorda nervosa durante a noite, começa a andar pelo quarto a qualquer hora da madrugada e fica observando pela janela um céu tão escuro quanto sua consciência.
Há cinco dias enxerga a vida desfocada, como se usasse óculos de lágrimas que não consegue tirar do rosto. Há cinco dias escreve cartas de amor que começam com raiva e terminam com ódio. Cartas de amor que talvez nunca cheguem ao seu destino, que ficarão entre a lixeira e o esquecimento.
Pega o celular, que está mudo há muito tempo. Abre as fotos e precisa voltar meses atrás para encontrar alguma que seja interessante.
Encontra a primeira, sorri: os três na praia.
E a segunda, ele sozinho, ao longe, piscando um olho.
Outra mais recente, do seu último aniversário, quando soprou as velas com tanta força que o bolo quase saiu voando.

E uma quarta, e uma quinta, e outra, e outra, e outra... Enquanto o dedo passa as imagens cada vez mais rápido, surgem as lágrimas, e a raiva, e a impotência, e a dor... porque as lágrimas sempre vem.

Atira o celular no chão numa tentativa inútil de apagar o passado e se joga na cama.

Justamente nesse momento, entre as lágrimas e os lençóis, toma a decisão que estava adiando havia vários dias.

* * *

O zumbido horrível me acorda mais uma vez, como um apito enfiado no ouvido. Levo as mãos às orelhas, tapando com força, fecho os olhos e abro a boca o máximo que posso... mas o som continua aqui dentro. Respiro lentamente, até que, bem devagar, o barulho vai sumindo. Parece que passou, mas não. Ele só se escondeu para me despertar de novo quando eu dormir.

Abro os olhos.

Olho a parede em frente: 6h26.

Duvido que eu consiga voltar a dormir.

Eu me lembro de tudo que aconteceu nas semanas anteriores ao acidente, mas de nada do que aconteceu depois. De vez em quando sou tomado por sensações: de me afogar, de voar, de ter alguém enfiando fogo na minha boca, um som que toma conta de tudo...

E então acordei aqui, nessa cama, nesse quarto. Me disseram que passei dois dias dormindo.

Mas o que aconteceu antes do acidente... eu me lembro de tudo, e percebo como minha vida mudou em poucos meses. Foi como andar numa montanha-russa infinita. Mas o fim chegou. Chegou há cinco dias.

Desde que tudo aconteceu não para de aparecer gente querendo me ver. Alguns amigos passaram por aqui, os de sempre e outros que eu nem sabia que tinha. Também vieram muitos familiares, inclusive alguns que acho que vi pela primeira vez.

Mas, sobretudo, veio essa gente que até então não me enxergava e que, sabendo que virei notícia, resolveu ter certeza que sim, era verdade, eu tinha voltado a ser visível.

E, claro, também vieram muitos repórteres, até apresentadores de televisão, mas não deixaram que falassem comigo. Sei que apareci em muitos jornais, no rádio, na TV... mas não pude ver nem ouvir nada. Não deixaram.

É estranho que justo agora, quando voltei a ser visível, eu esteja me sentindo mais perdido que nunca.

São 6h46.

Começa a entrar uma luz pela janela, o que significa que em breve tudo voltará à vida. E eu estarei aqui, mais um dia. E a mão também estará aqui, segurando minha perna ou meu braço, ou apertando minha mão, mas estará aqui, disso eu não tenho dúvida.

* * *

O rosto com a cicatriz na sobrancelha

Também são 6h46 no quarto de um apartamento no centro da cidade. Na cama, outro corpo sente quase tanta dificuldade para dormir quanto para permanecer acordado.
Remorso.
Ele se levanta, vai ao banheiro em silêncio e observa seu rosto no espelho. Olha a sobrancelha direita, essa com uma pequena cicatriz, que toca com os dedos, lembrando como surgiu: há muitos anos, num parque, duas bicicletas, uma corrida.
E ao se lembrar desse momento começa a lacrimejar, pois, há vários meses, essa pequena marca no rosto é a única coisa que os une.
Sai do banheiro e volta para a cama.
Há cinco dias está entre dizer algo ou se calar, como tem feito até agora, sem saber se foi um covarde ou apenas um sobrevivente.
Foi visitá-lo no hospital, é verdade, mas mal se falaram. Uma situação constrangedora, como reencontrar alguém sem saber se um dia houve despedida. Muito estranho.
Após tantos anos de amizade, ao se verem frente a frente não souberam como olhar um para o outro. Os corpos eram os mesmos, mas as palavras não se encontravam mais.

– Oi – disse assim que o viu, tentando esconder o impacto causado pela visão da cabeça raspada, as feridas no rosto e a sonda no braço.
– Oi.
– Você tá bem? – perguntou como quem comenta que o céu está longe, que a neve é branca ou que faz frio no inverno.
– Sim, um pouco melhor...
– Toma, eu trouxe isso para você – disse o corpo com a cicatriz na sobrancelha, entregando uma caixa.
– Obrigado – respondeu o outro ao abrir.
E o silêncio ficou tão pesado que, durante algum tempo, só era possível escutar o papel de presente roçando entre as mãos. Um silêncio incômodo, desses que todo mundo quer que acabe, mas ninguém sabe como interromper.
– Acho que você não tinha essas – disse finalmente o corpo com a cicatriz na sobrancelha.
– Não, não tinha. Muito obrigado – mentiu, observando o conteúdo da caixa.

* * *

Sinto de novo essa mão, a mesma que nunca me soltou nas cinco noites em que estou aqui.

Acho que faz isso por temer que, em questão de segundos, eu fique invisível outra vez e ela não saiba como me encontrar. Imagino que assim, agarrada à minha perna, ela pelo menos saiba onde estou.

E eu também preciso dessa mão. É por isso que toda noite, quando percebo a presença dela, primeiro me assusto, depois entendo como senti a falta dela. Preciso saber que, se eu desaparecer de novo, pelo menos uma pessoa saberá onde estou.

Coloco minha mão em cima da dela, sinto sua pele quente, aperto, e noto as batidas do seu coração nos dedos... E digo, em voz baixa, uma coisa que jamais me atreveria a dizer se ela estivesse acordada: "Eu te amo, mamãe."

* * *

A mãe

Nesse quarto não está apenas um menino que certo dia ficou invisível de repente. Está também uma mãe que, desde o acidente, não para de se perguntar em que momento deixou de ver o próprio filho.

Por isso, noite após noite, mantém uma das mãos sobre o corpo do menino. Mão que funciona como uma âncora que os mantém unidos, como estavam antes de ele nascer, e que dá a segurança de estarem juntos mesmo sem se verem, porque, às vezes, não é preciso ver o corpo quando se está em contato com o sentimento.

Mão que foi incapaz de encontrá-lo durante muito tempo e que agora quer compensar todas as ausências que culminaram nesse momento terrível.

Uma mãe que, na calada da noite, chora por tudo que poderia ter acontecido, porque às vezes pequenos fragmentos de tempo decidem entre a vida e a morte, entre o que é e o que poderia ser, entre acordar um filho adormecido e conversar eternamente com uma cama vazia. Porque, às vezes, um mero impulso decide como se desenhará o futuro.

Uma mãe que, no dia em que tudo aconteceu, saiu de casa sem quase prestar atenção nele, sem perceber a existência de um corpo à sua frente, um corpo que desaparecia entre os móveis da casa.

Dorme, mas não consegue descansar. Porque, embora seus olhos estejam fechados, suas feridas – as internas – continuam abertas, esperando que a cicatriz do tempo as apague.

Uma mãe que, apesar do medo que sentiu há alguns dias, quando seu filho acordou dizendo ter poderes, dizendo-se capaz de ficar invisível, dizendo ter voado com um dragão... agora consegue esboçar um sorriso ao sentir que esse mesmo menino acabou de presentear-lhe com um "eu te amo" escondido no meio do silêncio.

* * *

A menina das cem pulseiras

Uma menina com muitas pulseiras se levanta da cama, pega o celular no chão e seca as lágrimas na manga do pijama.

Arrastando os pés, vai até o quarto dos pais, pois quer avisar que está pronta, embora não esteja.

Atravessa descalça um corredor frio, abre lentamente a porta e observa dois corpos que dormem virados para lados opostos. Aproxima-se do lado da cama onde está a mãe, mais perto da porta, e fica observando sua respiração: o subir e descer do peito, o leve som do ar saindo da boca entreaberta...

Nesse instante o despertador toca e ela dá um pequeno salto. Por um segundo fica nervosa, sem saber o que fazer: sair correndo, acordar a mãe...

– Meu amor, o que está fazendo aqui? Aconteceu alguma coisa? – pergunta sua mãe já se sentando na cama.

– Hoje – responde ela.

Silêncio.

– Tem certeza? – pergunta a mãe, levantando os lençóis e convidando a menina a se deitar.

– Tenho, estou pronta.

– Então será hoje.

A mãe chega um pouco para o lado, abrindo espaço para a me-

nina e suas pulseiras. Ela sabe que a filha não está pronta. Na verdade, nenhuma das duas está. Mas, ainda assim, será hoje.
   Hoje.

* * *

De repente ela solta a mão da minha perna.

Fico olhando como tenta esconder um bocejo, como abre os olhos, olha para mim e sorri.

– Oi, meu amor! – diz, me dando um beijo na testa que parece nunca terminar. – Dormiu bem hoje?

– Um pouco melhor, acho que não acordei nenhuma vez durante a noite – minto.

E percebo que essa mentira a faz sorrir, e ela me abraça.

– Muito bem, um dia a menos – diz ela, levantando-se com esforço.

Já conseguimos ouvir os carrinhos que trazem o café da manhã, e também risadas, choros, conversas no quarto ao lado... Tudo recomeça. Cedo, bem cedo, porque por aqui tudo começa cedo. Tomamos café cedo, almoçamos cedo, jantamos cedo... mas a noite é longa, muito longa.

Minha mãe, como em todas as manhãs, me leva até o banheiro e isso me deixa com muita vergonha. Ela espera do lado de fora, claro, mas a porta fica entreaberta para que a sonda que conecta meu braço ao aparelho não se solte.

Se fosse só xixi, tudo bem, mas quando preciso fazer o número dois... aí, sim, a porta entreaberta acaba comigo. Especialmente quando tenho gases – ou seja, quase sempre, por conta dos remédios que tenho tomado.

– Lave bem o rosto! Fique bonito porque hoje temos visita! – grita do lado de fora.

A visita. É verdade, eu tinha esquecido.

Uma visita tão incômoda que minha mãe nem se atreve a dizer o nome.

Uma visita de que não preciso, que não pedi e não quero.

* * *

O menino com a cicatriz na sobrancelha

– Acho que você não tinha essas – disse finalmente o corpo com a cicatriz na sobrancelha.
– Não, não tinha. Muito obrigado – mentiu, observando o conteúdo da caixa: seis ou sete revistas em quadrinhos.

E essa foi toda a conversa de dois amigos que, poucos meses antes, passavam horas e horas conversando.
A partir daí se instalou um silêncio que os pais de ambos resolveram preencher com frases vazias: "É, parece que está bem melhor", "Sim, melhorou", "Você vai se recuperar rápido", "Você é muito forte".
Foram mais de dez minutos de uma conversa incômoda, de silêncios eternos e de olhos que não sabiam para onde olhar.
– Bem, nós já vamos... Espero que você fique bom logo – disse a mãe do menino com a cicatriz na sobrancelha, uma mãe louca de vontade de ir embora, pois temia que, de uma hora para outra, tivesse início uma conversa que ela não gostaria de ter.
– Obrigada por terem vindo – respondeu a mãe do menino ex-invisível.
Ninguém perguntou o que tinha acontecido, ninguém falou

do acidente, como se, da noite para o dia, aquele menino tivesse passado da cama de casa à do hospital num mero salto, como se aquilo tivesse acontecido naturalmente.

Ninguém falou sobre isso.

Os pais de um porque, se tivessem suspeitado de algo, poderiam ter feito mais do que fizeram. Os pais do outro porque não se esforçaram para descobrir nada.

Um menino porque tinha feito o possível para não ver o que acontecia. O outro porque sabia que, ao querer ser invisível, não poderia culpar ninguém por não vê-lo.

* * *

A visita

Na verdade, eu não tinha me esquecido. Como me esqueceria dessa visita?
Ontem à noite, depois do jantar, meus pais começaram uma daquelas conversas desagradáveis e complicadas... Estavam nervosos, especialmente meu pai, que foi quem começou a falar:
– Sabe – disse ele, olhando bem nos meus olhos –, amanhã você será examinado por um médico... especial.
– Outro? – perguntei.
– Sim, outro, mas não para tratar as feridas no rosto, nem a pancada na cabeça, nem a perda de memória. Essas coisas já estão mais ou menos controladas.
– Então pra quê? – perguntei, meio perdido.
– Bem, ele cura outro tipo de ferida.
– Que tipo?
– Feridas da mente.
– Um psicólogo? – perguntei.
– Sim, um psicólogo – confessou meu pai.
– Pai, mãe... – retruquei, nervoso e com uma expressão confusa –, eu não estou louco.
– Não, meu amor, você não está louco – disse minha mãe, mantendo sua mão agarrada à minha. – Os psicólogos ajudam

pessoas que viveram momentos difíceis. O mais importante é você contar para ele tudo que quiser, sem medo. Qualquer coisa.
– Qualquer coisa?
– Tudo que você quiser contar – repetiu ela.
– E se eu não quiser contar nada?
– Não seja assim... É para o seu bem.
– Posso falar dos meus poderes?
– Pode falar tudo que quiser.

Não gostei dessa última resposta: "pode falar tudo que quiser"... Ficou faltando completar: mesmo que ele não acredite numa única palavra do que você diz, mesmo que pense que você está maluco.

* * *

E assim terminou uma conversa desagradável e não falamos mais sobre isso. Agora, em menos de uma hora, esse tal "médico especial" vai aparecer por aqui.

Estou muito nervoso. Não sei o que ele vai querer saber, não sei o que vai perguntar nem se vou responder.

Porque, às vezes, dizer a verdade não é a melhor opção. Especialmente quando ela soa tão inacreditável que parece uma mentira.

Então vou mentir. Quer dizer, não vou mentir, mas não pretendo contar nada do que aconteceu comigo. Não vou dizer que meus poderes surgiram no dia em que me transformei numa vespa. Não vou dizer que consigo respirar debaixo d'água pelo tempo que quiser nem que sou capaz de correr tão rápido que, em alguns momentos, as pessoas só notam um vento quando passo por elas. E não vou dizer que tenho uma espécie de casco nas costas – como as Tartarugas Ninja – que me protege das pancadas, nem que posso me antecipar aos movimentos das pessoas ou enxergar no escuro... porque ele não acreditaria em mim e pensaria que estou louco.

Acho que o melhor que posso fazer é fingir ser uma pessoa normal, bem normal.

Também não vou falar da minha capacidade de detectar monstros, de sentir a presença deles até quando se escondem atrás das portas, debaixo das mesas ou dentro dos carros...

E claro que não vou falar sobre meu grande poder, aquele que me trouxe até aqui. Não vou contar que, depois de muito treinar, certo dia consegui me tornar invisível, mas isso ele já deve saber por conta das notícias.

Escuto batidas na porta.

Só pode ser ele.

Não tenho a menor ideia do que dizer.

* * *

Ela

No fim das contas, não era ele; era ela.

E isso só me deixou com mais vergonha, porque ainda por cima era linda. E estava me vendo naquele pijama horrível de hospital, com a cabeça raspada e feridas no rosto...

Entrou sorrindo, se apresentou e, depois de trocar umas palavras com meus pais, ficou sozinha comigo no quarto.

Ela se sentou ao meu lado, na poltrona em que minha mãe dorme todas as noites.

Durante um tempo ficou me explicando que é psicóloga e o que faz.

Fiquei escutando sem dizer nada, até ela me perguntar se eu tinha alguma dúvida. E eu, sem saber bem por quê, falei:

– Não estou louco.

No mesmo instante em que as palavras saíram da minha boca, me arrependi, pois dizer algo assim é a melhor maneira de parecer doido.

Ficamos em um silêncio que parecia infinito.

Ela me encarou fixamente, depois começou a rir.

– Não, não, eu sei que não está louco – respondeu, sorrindo. – Nós, psicólogos, também tratamos pessoas normais, não se preocupe.

– Então eu sou normal – respondi.
– Normal como? – voltou a perguntar com um sorriso.
– Muito, muito normal. Quer dizer, eu era normal até conseguir ficar invi...
– Até conseguir o quê?
E me calei.

* * *

O menino dos nove dedos e meio

Enquanto um menino ex-invisível recebe a visita de uma psicóloga, um menino com nove dedos e meio está deitado na cama, no quarto de um apartamento afastado do centro da cidade.

Pensa em tudo que não pensou nos últimos meses, nas consequências, e começa a suspeitar que os atos também têm seu avesso.

Está assustado como nunca na vida, mas não quer admitir isso. Sua demonstração de força será fingir o contrário: que não se importa com nada.

Está encarando o teto há horas, como se ali, no meio da tinta branca, pudesse encontrar a solução para tudo que aconteceu.

Senta-se na cama, abre as mãos e olha para todos os dedos. É uma mania que tem há muitos anos, algo que só faz quando está sozinho. Nunca abriria as mãos assim no colégio, na frente de outras pessoas. Os nove dedos completos e um pela metade.

Mas costuma se gabar da cicatriz que tem no peito, bem em cima do coração. É grande, mas ele não liga. Acha que lhe confere um ar mais durão. Talvez, daqui a alguns anos, ele a decore com uma tatuagem.

* * *

–Ah, nada não. Sou normal – continuei. – Normal como todo mundo. Não sou alto demais como o Girafa nem baixinho como o Raul Hobbit. Não sou tão gordo como o Nacho Muralha nem tão magro quanto o Pedro Palito... É isso, sou normal.

Acho que fiquei uns vinte minutos tentando explicar como sou normal comparado aos meus colegas da escola.

E, sim, sempre me considerei normal até alguns meses atrás. Quem me olha não vê nada estranho. Por exemplo: não uso óculos, minha visão é quase perfeita, enxergo qualquer letrinha mínima escrita no quadro. Aliás, desde a história do vespeiro, percebi que enxergo melhor que todo mundo. De longe, vejo o que ninguém mais vê. Também tenho o poder de enxergar no escuro... mas isso não contei para ela.

Também não uso aparelho nos dentes, muito menos aqueles enormes, como Willy Wonka usava quando criança. Bem, até tenho os dentes da frente um pouco grandes e tortos, o esquerdo vai para a direita e o direito um pouco para a esquerda, mas quase nem dá para perceber, principalmente com a boca fechada. Quer dizer, com a boca fechada só eu noto quando fica um pedaço de comida entre os dentes e passo vários minutos mexendo neles com a língua até conseguir arrancar.

Sou normal, muito normal, por isso nunca imaginei que aconteceria o que aconteceu. Que, de repente, um menino tão normal como eu se transformaria em alguém tão... especial. Sou muito normal em quase todos os aspectos, e digo em quase todos porque tenho um defeito, mas isso não contei para ela, é claro.

É um defeito estranho porque eu não sabia que tinha... Quer dizer, eu sabia, mas não sabia que era um defeito. Mas tudo indica que sim, é um defeito, e dependendo do lugar pode ser um defeito e tanto.

Não se vê a olho nu, você poderia passar um tempo comigo e não perceber nada, ou até uma tarde inteira... mas aí talvez percebesse, ou não, sei lá. Mas hoje sei que se trata de um defeito que afeta muitos aspectos da minha vida: minha maneira de falar, de escrever, de me comunicar com as pessoas... Um defeito que me trouxe até a cama desse hospital.

* * *

A menina das cem pulseiras

As pulseiras não param de se mexer no braço dela.
   Está sentada no sofá, olhando – sem prestar atenção – as horas no celular, fingindo assistir a algo na TV, mas na verdade sua mente está em outro lugar.
   Ainda não sabe o que vai dizer a ele. Só sabe que quer vê-lo hoje, mesmo morta de medo, mesmo que seu corpo fique tremendo por inteiro ao entrar no quarto, mesmo que as palavras não saiam da sua boca, mesmo que seu coração exploda... mas ela precisa vê-lo, não pode ficar mais tempo assim, trancada em casa, muito menos trancada na própria mente.
   Agora ele voltou a ser visível e quase deixou de *ser* para sempre. Por isso ela está com tanta pressa. E se ele desaparecer de novo e ela não puder dizer tudo que guarda dentro de si?
   Olha mais uma vez o celular.
   Falta pouco, será hoje à tarde.
   Volta a olhar todas as fotos em que estavam juntos sem saber que estavam, mas só agora, quando esteve a ponto de perdê-lo, se dá conta, observando melhor as imagens, que seus olhares – e também seus sorrisos – se cruzavam em todas as fotografias.
   Toca o bolso da calça para ter certeza de ter guardado a carta

que passou vários dias escrevendo para ele. O que ela não sabe é se será capaz de entregá-la.
Está nervosa.
Muito.
E não está pronta. Mas isso, claro, ela também não sabe.

* * *

Também não contei a ela sobre minha capacidade de ficar invisível. Mas talvez ela já saiba disso, porque apareci nos noticiários e agora todo mundo me conhece. Bem, conhece a história, porque sou menor de idade e, por lei, não podem mostrar o meu rosto.

E isso foi tudo, não falamos mais nada. Ela me disse que hoje era só para nos conhecermos, que vamos continuar amanhã, que temos muitos dias pela frente para conversar e que até depois, quando eu sair do hospital, vamos continuar conversando.

Não sei se quero conversar tanto assim, muito menos com quem não conheço, muito menos com uma mulher, muito menos com uma mulher tão bonita. E além de tudo com uma psicóloga, porque não estou louco.

Ela se levantou, me disse até amanhã e me deu um beijo na bochecha.

Quando saiu do quarto, fiquei com muita vontade de chorar.

* * *

Escutei meus pais conversando com a psicóloga do lado de fora, mas não entendi o que diziam. Acho que conversavam em voz baixa para que eu não ouvisse. Mesmo assim, escutei muitas vezes a palavra tempo. Eles se despediram e abriram a porta.

Minha mãe chegou perto de mim e, vendo meus olhos, me abraçou. Não me perguntou nada, só me abraçou.

Eles não entendem muito bem o que aconteceu. Desde o primeiro momento, trataram tudo como um acidente, e eu embarquei no jogo deles. Aproveitei a perda de memória que tive no início para fingir não lembrar de muitas coisas. Mas lembro, sim. Lembro perfeitamente tudo que aconteceu antes do acidente.

Eles não se atrevem a perguntar, por isso chamaram a psicóloga. Sou novo, mas não sou bobo.

O problema é que vivo como se tivesse engolido um ouriço que percorre meu corpo inteiro e que retorce meu estômago quando conto uma mentira ou escondo uma verdade.

E não aguento mais, não posso continuar assim.

Penso tanto naquele dia... e ainda não entendo por que, logo naquele momento, deixei de ser invisível. A chuva? Pode ser, mas...

* * *

Há vários dias, um pai e uma mãe se fazem a mesma pergunta: o que realmente aconteceu? Eles conhecem uma versão, a *oficial*, que contam a todos que perguntam, que contaram a familiares, amigos, repórteres... uma versão da qual eles mesmos duvidam, mas que se obrigam a acreditar: foi um acidente que por sorte terminou bem.

Mas e essas marcas nas costas? Não fazem sentido, não coincidem com o acidente, são muitas e, o mais importante, não são recentes.

Ainda não se atrevem a perguntar nada, não sabem muito bem como tocar no assunto, talvez por não estarem preparados para ouvir a resposta. Por isso foram aconselhados a deixar essa conversa nas mãos da psicóloga, para que ela tente descobrir a verdade.

* * *

Hoje comi a mesma coisa de sempre, uma comida sem gosto, comida de hospital.

Depois de almoçar, chegou o momento em que tudo fica em silêncio. Momento do descanso, especialmente para minha mãe, que quase não dorme à noite. Ela diz que a culpa é da poltrona, que é muito desconfortável, mas acho que não é isso porque ela não para de falar dormindo e de se mexer. Dia desses até chorou. Acho que os monstros entraram no peito dela, como no meu, e ela também não sabe como se livrar deles.

Enquanto ela dormia, peguei as revistas em quadrinhos que meu amigo me deu de presente outro dia. Eu já tinha a maioria, mas resolvi reler. Adoro histórias de super-heróis, sempre sonhei ser um deles, sempre quis ter um superpoder... e no fim das contas acabei conseguindo ter alguns.

E assim, com mamãe dormindo ao meu lado, a tarde foi passando enquanto eu lia. De repente, alguém bateu à porta e ela foi arrancada do sono, e eu, das minhas aventuras.

A porta se abriu lentamente e ela entrou: a pessoa que tinha salvado a minha vida.

* * *

Luna

Luna entrou do único jeito que sabe: correndo. Freou pouco antes de bater na cama. Quase arrancou o soro e a agulha cravada no meu braço.

Minha mãe pegou Luna no colo e a colocou do meu lado na cama. Ela ficou me olhando, confusa, como se não me reconhecesse. E com esse pijama, a cabeça raspada e o rosto assim... eu entendo.

Luna é minha irmã mais nova, acabou de fazer 6 anos e é quem me conhece melhor, mas ela não tem noção disso. É também a única pessoa que sempre, sempre, pôde me ver.

É curioso porque, nestes últimos meses, consegui ficar invisível na frente de todo mundo, mas nunca na frente dela. Muitas vezes usei meu poder em casa, ficando invisível no sofá, na cozinha, descendo as escadas... e sempre dava certo, até ela aparecer. Aí meu poder evaporava, porque ela sempre me encontrava. Olhava para mim, sorria e vinha correndo na minha direção.

Minha irmã é a única que sabe o que aconteceu desde o primeiro dia. Talvez por isso, no dia do acidente, tenha sido a única que me ajudou, a única que conseguiu me salvar. Mas é claro que, aos 6 anos, ela também não sabe disso.

* * *

–Você tá doente? – perguntou, arregalando os olhos.
– Estava, mas já passou – respondi, segurando sua mãozinha.
E sem abrir a boca, falando para dentro, eu disse: "obrigado".
Nesse momento fiquei com muita vontade de chorar, de contar tudo, de revelar nosso segredo para mamãe.

Foi a primeira vez que Luna veio me ver desde que cheguei aqui, o que é muito importante para mim. Mamãe me explicou que crianças pequenas não devem ir a hospitais, pois podem pegar um vírus qualquer, por isso Luna não tinha vindo me ver tantas vezes quanto eu gostaria.

Eu e Luna ficamos um tempo brincando: mostrei e ela como levantar e abaixar a cama usando o controle, desenhei um coração na mão dela, ela folheou meus quadrinhos... mas a visita durou pouco. Mais ou menos uma hora depois, meu pai disse que precisavam ir embora. Foi quando minha irmã disse algo que eu tinha esquecido:

– Perdi minha ovelhinha...
– Aquela que tem manchas pretas nas patas?
– É.
– Não se preocupe, eu sei onde está – assegurei, baixinho.
– Sabe?! – gritou ela.

– Sei. Eu te mostro quando sair daqui.

Olhei para minha mãe, que olhou de volta para mim, e percebi que ela estava quase chorando.

– Já é tarde, temos que ir – interrompeu papai.

Luna me deu um beijo, papai me deu um beijo e mamãe encheu Luna de beijos. De repente meu pai beijou minha mãe, o que é raro, porque em casa eles nunca se beijam. Desde que estou no hospital, acho que se amam mais do que nunca.

Meu pai e minha irmã foram embora. Luna tem dormido na casa dos meus avós, mamãe me disse.

Eles não comentam comigo, mas sei que a vida dos meus pais ficou um pouco mais complicada por minha causa. Um dos dois está sempre aqui: minha mãe. E papai não faz outra coisa além de ir e vir: do trabalho para o hospital, do hospital até a nossa casa, da nossa casa para a casa dos meus avós, da casa dos meus avós de volta para o hospital, do hospital para o trabalho...

* * *

Assim que papai e Luna foram embora, mamãe foi ao banheiro.

Saiu logo depois, me deu um beijo e voltou a se sentar na poltrona. Ligou a televisão e ficou assistindo a um desses programas em que as pessoas gritam umas com as outras. Fui ler meus quadrinhos, desses com personagens que não param de se estapear.

A verdade é que os dias passam muito devagar, todos são iguais. Exames, resultados e a espera pelo dia seguinte, para fazer mais exames.

A tarde passava tranquila. De vez em quando alguém abria a porta e entrava uma enfermeira perguntando se eu precisava de alguma coisa, querendo checar o soro ou simplesmente me cumprimentar, já que agora sou famoso.

Mas de repente tudo mudou.

Ouvi o som da chegada de uma mensagem no celular de mamãe. É só mais uma mensagem, pensei, de alguém da família, de um amigo, de um repórter. Mas, vendo o rosto dela, notei algo estranho.

– O que foi, mãe? – perguntei.

– Nada, nada – disse, sem me olhar, enquanto respondia à mensagem.

Percebi que seus dedos tremiam enquanto digitava.

– Mãe, o que foi?

Em vez de me responder, ela guardou o celular no bolso, parou bem na minha frente e pediu que me sentasse na cama. Abotoou meu pijama, endireitou meu travesseiro e arrumou os lençóis da melhor maneira que pôde.

– O que foi? – insisti.

– Espere um pouco, fique aqui, eu já volto.

Ela se levantou correndo, nervosa.

E saiu do quarto.

Fiquei assustado. O que seria? Quem teria enviado a mensagem? Seria a polícia, mais uma vez?

Larguei os quadrinhos ao meu lado na cama e olhei para a porta.

E escutei passos.

A porta se abriu.

Fiquei mudo.

* * *

Kiri

E Kiri entrou.

E a mãe dela.

E a minha mãe logo atrás.

Elas se aproximaram da cama em silêncio, devagar, como se tivessem medo de me ferir.

– Olha quem veio te ver... – disse mamãe.

Kiri apertou minha mão, sem me olhar nos olhos, sem dizer nada. Foi a mãe dela quem começou com as típicas perguntas que se fazem a um doente ou, nesse caso, a alguém que teria sofrido um acidente.

Kiri ficou olhando o soro, depois a cama, depois o chão... acho que olhou para tudo, menos para mim.

Foi minha mãe, ao ver que ninguém dizia mais nada, que tentou quebrar o gelo:

– Quer sair para tomar um café comigo?

Mas a mãe dela, vendo como Kiri estava calada, esperou. Elas se olharam e devem ter se comunicado nessa linguagem comum entre mães e filhas.

– Claro, vamos. É longe?

– Não, é aqui do lado. No mesmo corredor – respondeu mamãe.

– Ótimo. Voltamos logo, tudo bem?
– Tudo – respondeu Kiri.
– Tudo – respondi.

E ficamos sozinhos, como tantas vezes antes, mas desta vez foi diferente porque não tínhamos nada para conversar.

Eu não conseguia parar de olhar aquelas sardas que hoje estavam mais imóveis que nunca.

Kiri olhava para o chão.

Ficamos um tempo assim, muito, muitíssimo tempo... até que ela fez uma pergunta estranha:

– E eu? – sussurrou, muito devagar, e quase nem escutei.

"E eu?" Que pergunta era essa? Que resposta eu poderia dar a uma pergunta tão esquisita?

Depois desse "e eu?", comecei a perceber algo estranho. Ela fechou os punhos com força, como se quisesse quebrar os dedos, trincou tanto os dentes que parecia querer morder a própria boca... e começou a tremer.

Primeiro foram as mãos, depois os braços com todas aquelas pulseiras, depois as sardas e, por fim, seu corpo inteiro.

Ela levantou a cabeça e me encarou, chorando.

* * *

E eu?

E a menina das cem pulseiras finalmente fez a pergunta que rondava sua cabeça havia tantos dias. Foram apenas duas palavras, mas suficientes para desestabilizar um mundo inteiro, pelo menos o dela.

"E eu?"

Uma pergunta que nasce dessa porção do amor que às vezes se mancha de ódio. Uma pergunta que chega quando o frio na barriga esmorece.

"E eu?"

Uma pergunta feita por uma menina que está há tempo demais do outro lado do espelho, nesse lugar em que ele pode ver sem ser visto, onde pode sentir dor sem ser tocado por ninguém, onde pode odiar tanto uma pessoa que seria capaz de beijá-la até a morte.

"E eu?"

Uma pergunta que, inevitavelmente, sempre envolve um nós.

* * *

–Idiota! Você é um completo idiota! – ela começou a gritar, apertando ainda mais os punhos.

E agarrou meus ombros, me sacudindo enquanto me encarava com tanta força que fui obrigado a fechar os olhos.

– Por quê?! Ficou louco? É isso? Você ficou louco? – continuou gritando, cada vez mais alto. – Pirou de vez?!

Fiquei imóvel, sem saber o que fazer, sem saber o que dizer, sem saber nada.

– Idiota, seu idiota de merda! – continuou gritando, sem me soltar, e me apertando com tanta força que suas unhas cravavam minha pele através do pijama.

– Idiota, maldito idiota, babaca, seu pirado de merda!

E de repente, como se toda a sua força acabasse de uma hora para outra, ela me soltou.

Deu um soco na cama, secou as lágrimas com as mãos e saiu correndo do quarto, batendo a porta.

Escutei gritos do lado de fora, não sei muito bem o que estava acontecendo, mas naquele momento quis poder ficar invisível de novo. E tentei, fiz o que sempre fazia quando queria desaparecer: me concentrei, fechei os olhos com a maior força possível, encolhi meu corpo... mas não aconteceu nada. Desde o acidente não consigo mais. Talvez seja culpa dos malditos remédios... não sei, mas não consigo mais.

Foi quando mamãe entrou.
– O que aconteceu? – perguntou, nervosa.
– Não sei, não sei – menti.
– Conta! O que aconteceu? Por que ela ficou daquele jeito?
– Juro que não sei, mãe!
– Fala a verdade para mim – insistiu.
– Me deixa! – gritei.
Ela me olhou com raiva e voltou a sair do quarto.
Eu me senti péssimo.
Não tenho o costume de gritar com ninguém, muito menos com minha mãe. E muito menos com quem passa horas sentada em uma poltrona desconfortável, com quem segura minha perna todas as noites, com quem troca minha roupa sempre que, por culpa dos remédios, faço xixi nas calças... Ela, eu tinha gritado com *ela*.

Eu já não aguentava mais, só queria chorar, contar tudo, dizer que sou muito covarde... E o apito voltou, alto, muito alto, e me pegou sozinho no quarto. Tentei aguentar em silêncio, mas foi impossível, comecei a gritar, a gritar muito, a chorar de dor... Era tão forte que até meus olhos doíam.

E minha mãe voltou correndo. Ao me ver, saiu para chamar a enfermeira.

E depois sentou ao meu lado.

E me abraçou.

E continuei gritando.

E escutei passos à minha volta.

E senti comprimidos na minha boca.
E uma agulha no meu braço.
E o abraço da minha mãe.
E um elefante, e outro, e outro, e outro... mil elefantes pisoteando meu peito.
E, da mesma forma que vieram, sumiram.
E o quarto começou a desaparecer.
E o barulho.
E a dor.
Tudo.

* * *

O menino com a cicatriz na sobrancelha

Enquanto um menino ex-invisível dorme graças aos remédios, um outro está pensando em como terá sido a visita de Kiri. Será que ela disse alguma coisa?

Ele é tomado por uma série de perguntas que não levam a nada, perguntas que não servem nem para tentar esquecer a sua verdade, o seu sentimento de culpa.

Pensa em todos os momentos que o menino invisível e ele passaram juntos. Toca a pequena cicatriz na sobrancelha e se lembra daquela corrida.

O inverno tinha sido impiedoso com duas bicicletas antigas, que eram do seu avô e descansavam num velho depósito esperando que algum verão lhes trouxesse de volta à vida. Após limpar a ferrugem e o pó acumulado por anos, após encher os pneus e ajustar os selins...

– Você já andou numa dessas? – perguntou.
– Não, nunca. São bem grandes!
– Pois é, enormes. E não têm marcha.
– Parecem de ferro.
– Que tal apostar corrida?
– Com elas?
– Claro, vamos.

E os dois amigos foram até um descampado ali perto, naquela cidade pequena. Ficaram nas posições indicadas e, após contarem até três, deram início a uma corrida que terminaria numa cerca.

– Um, dois, três e já!

Os dois pedalaram o mais rápido que conseguiram naquelas bicicletas antigas. Era impossível saber quem venceria, ambos chegariam praticamente ao mesmo tempo. O único problema é que nenhum dos dois pensou em checar os freios. O de uma das bicicletas funcionava bem. O da outra, não.

Por isso, quando Zaro apertou o freio, percebeu que não funcionava. Estava frouxo, sem força.

A cerca estava cada vez mais perto. Nervoso, ele apoiou os pés bruscamente no chão e o tranco fez a bicicleta se descontrolar. Ambos, menino e bicicleta, caíram no chão.

Resultado: arranhões nas mãos, nos cotovelos, nos joelhos e um belo machucado em cima do olho direito, na sobrancelha.

Hospital, pontos, uma lembrança em forma de cicatriz e uma história divertida que passariam anos contando.

Mas agora não tinha sido ele a cair, mas seu amigo, e o problema é que as feridas do amigo são mais complicadas de serem vistas, pois são dessas que ferem por dentro e que nunca sabemos se o tempo será capaz de curar.

Mas essa não é a única diferença. Naquele dia, quando ele caiu da bicicleta, o amigo foi correndo socorrê-lo: o ajudou a se levantar, o levou para casa apoiado nos ombros, avisou aos pais dele... justamente o que ele não fez quando teve a chance de retribuir.

Zaro se mantivera distante, deixando o amigo no chão, dia após dia.

* * *

A noite cai sobre um menino que continua dormindo no interior de um hospital onde só existe o silêncio.

Cai também sobre um pai que saiu correndo do trabalho, pois ficou sabendo que seu filho sofrera mais um ataque de pânico. Um pai que percebe que, esta semana, está vendo o filho mais vezes do que em toda a sua vida. Um pai que percebe que, para educar um filho, é necessário estar ao lado dele.

E é esse mesmo pai que, por uma noite, substitui a esposa, um pai que tenta se acomodar na poltrona do quarto de hospital, um pai que relembra, com muita dor, a conversa que teve com o filho nessa mesma cama, há exatos dois dias:

– Hoje você não vai trabalhar, pai?

– Não, hoje me deram folga para eu ficar aqui, cuidando de você, meu filho.

– E não podem te dar folga quando não estou doente, para passarmos mais tempo juntos?

Foi nesse momento que o coração desse pai começou a doer. Ele tentou se lembrar das vezes que esteve em casa no meio da semana: quando pegou uma gripe forte, quando machucou a mão, quando o avô morreu, e se lembrou da folga que pedira para ir ao enterro da sogra... mas nunca teve folga para festejar a perda do primeiro dente, para ensinar o filho a andar de bicicleta, para passarem o aniversário juntos, para irem à praia... Enfim, para as únicas coisas que importam na vida, ele nunca teve direito a uma folga no trabalho.

* * *

E essa mesma noite cai sobre outros mil quartos na cidade...

Sobre o quarto de uma menina que não sabe a quantos beijos de distância reside o ódio, que percebeu não estar preparada para rever o amigo, que está descobrindo que não existe amor sem medo. Uma menina que deve ser cuidadosa ao juntar os cacos de uma desilusão, pois agora sabe que pode se cortar com eles.

Sobre o quarto de um menino que não para de pensar em como terá sido o encontro de Kiri e seu amigo, o que terão conversado, o que terão sentido um pelo outro nesse reencontro. Porque, no fundo, ele também gosta dessa menina, embora não se atreva a dizer isso a ela.

Sobre o quarto de um menino com nove dedos e meio que continua pensando que nada vai acontecer, mas que mesmo assim, sempre que o telefone de casa toca, começa a tremer.

* * *

Acordo e mais uma vez o maldito apito atravessa minha cabeça. Olho o relógio: 5h14. Hoje quem dorme todo torcido na poltrona ao meu lado é meu pai. Ele ficou um tempo me observando e senti muita vontade de dar um abraço nele, de contar tudo, de acabar de uma vez com o ouriço na minha garganta.

Pouco depois pensei em Kiri, que conheço desde muito pequeno. Nascemos no mesmo ano, no mesmo mês e quase no mesmo dia: ela 20 e eu dia 19. Sempre festejamos nossos aniversários juntos, dividíamos até as velas.

Kiri é da minha altura, magra, tem os cabelos tão compridos que quase sempre prende com tranças. Costuma se vestir de maneira especial e usa mais de cem pulseiras num dos braços.

Kiri foi uma das últimas pessoas que pararam de me enxergar. No início eu desaparecia na frente dela para fazer graça, sem dar muita importância, mas aos poucos fui passando mais tempo invisível, e chegou uma hora em que quase nunca deixava que ela me visse.

Por que fiz isso? Porque gosto muito dela. Antes não prestava atenção em Kiri como presto agora, não sentia esse formigamento nos braços sempre que ela me olhava, que sorria para mim...

E, claro, depois de tudo que aconteceu comigo, preferi ser invisível antes que ela visse no que eu me transformei.

Desde o acidente, eu não tive notícias dela. Várias pessoas vieram me visitar, pessoas que não significam quase nada para mim, outras que eu nem sabia que existiam, mas ela ainda não tinha aparecido por aqui. Pensei que nunca viria, mas... hoje ela veio.

Hoje ela finalmente pôde me ver, embora não quisesse.

* * *

Um menino que não consegue parar de pensar em tudo que aconteceu sabe que, no fim das contas, vai ter que contar sua história para alguém ou esse apito vai acabar explodindo a cabeça dele.

Talvez conte a ela, à psicóloga, para que tudo isso acabe. Porque o que ele quer é ver seu braço curado, seu cabelo crescendo de novo, suas feridas cicatrizando, quer fazer esse zumbido da cabeça desaparecer, quer se livrar do ouriço e dos elefantes, quer voltar a falar com Kiri, quer que tudo seja como antes. Quer dizer, como antes não, como antes de antes.

E assim, pensando em tantas coisas, viu o dia raiar mais uma vez no hospital.

A psicóloga vai chegar cedo hoje, logo depois do café, e ele vai contar tudo, absolutamente tudo... mesmo que não sirva de nada.

* * *

O dia

Hoje foi um dia estranho, com tudo dando errado. O ouriço não desapareceu, nem o elefante, nem o apito. Tinha decidido contar tudo, passei a noite inteira ensaiando na minha cabeça: como começar, o que contar primeiro, como explicar meus poderes... Mas deu tudo errado.
– Como você está?
– Bem, mas...
E fiquei em silêncio.
– O que foi? – perguntou ela, chegando mais perto de mim.
– É que...
E desabei.
Ela segurou minha mão e me abraçou sem pressa. Senti seu hálito na minha cabeça raspada, percebi que me abraçava de verdade. Mas, pouco a pouco, ela se afastou de mim...
– Quer me contar alguma coisa? – quis saber, segurando minha mão.
– Tudo... – respondi.
– Estou aqui para isso.
E comecei a falar.

* * *

—Tudo começou com os monstros – falei. – Quer dizer, com o monstro, o primeiro...
– Monstros? – perguntou a psicóloga, arregalando os olhos.
– Sim! Muitos, milhares. E vários continuam aqui. Eles me visitam à noite e entram no meu peito. Agora não consigo mais ver os monstros, mas sei quando estão por perto. Não precisam ser vistos para causar estragos. Aliás, acho que sempre me causaram mais estragos quando não estavam na minha frente.
– Mas... você sabe que monstros não existem, certo? – perguntou, olhando para mim.
– Claro que existem – respondi. – Vocês, adultos, só dizem isso para a gente não ter medo, mas sabem que eles existem, que estão em todos os lugares. Só que não debaixo da cama, nem nos armários, nem atrás das cortinas.
– Ah, não? E onde eles estão?
– Estão em cima das árvores, atrás das portas, andando nas ruas, dentro do carro esperando as crianças saírem da escola, sentados num bar em frente aos colégios...
E comecei a dizer os lugares que eles estavam. Na verdade, eu via os monstros por toda parte, e o pior é que eles também me viam, mesmo que depois não quisessem mais me ver.

– Eles também estão por aqui?

– Sim, e alguns vêm me visitar. Porque qualquer pessoa pode virar um monstro de repente. Até você. Alguns vêm de dia e passam por essa porta. Outros vêm à noite e entram no meu corpo. Esses são os piores porque não vejo... Às vezes, eles me agarram com mãos invisíveis e fazem meus braços e pernas tremerem...

Ela deu um suspiro e anotou algo num caderninho.

– Continue, continue...

– Teve um primeiro dia. A partir desse primeiro dia, quando vi o primeiro monstro, tudo começou. Eu só conseguia pensar em encontrar um superpoder que me fizesse ser o mais forte, o mais rápido, o mais alto, o maior, ou até o menor, qualquer coisa servia.

– Superpoder? – perguntou a psicóloga, tirando os óculos e coçando os olhos.

– É, poderes que todos nós temos – respondi. – Sempre tem alguém com algum sentido mais desenvolvido. Por exemplo, uma boa visão, um ouvido bem treinado, um faro como o dos cachorros... ainda que sejam poderes pequenos perto dos que eu desenvolvi.

– Que você desenvolveu?

– É. Foram muitos. Mas tudo começou no dia do vespeiro. Aquilo mudou tudo.

E ficamos em silêncio. Ela deixou o caderninho na mesa, tirou os óculos e ficou me observando.

– O que aconteceu nesse dia? – perguntou.

– Eu me transformei numa vespa.

* * *

Enquanto um menino ex-invisível começa a contar tudo que escondera até aquele momento, um menino com nove dedos e meio continua deitado na cama, nervoso, no quarto de um apartamento afastado do centro da cidade.

Não tem a menor ideia do que se passa no hospital, não sabe se o menino está contando a verdade ou aproveitando para contar também alguma mentira.

A verdade?, se pergunta. Que verdade? A que aconteceu? A verdade que pode ter acontecido quando, no último dia, ele se aproximou? A que planejou na cabeça dele? A que sentiu no coração? Como o mundo seria mais fácil se só existisse uma verdade...

Como restaurar um castelo de areia que você mesmo destruiu? Como dar uma flor de presente sem arrancá-la do chão? Como desfrutar de um bosque após ele ter sido queimado? Como recuperar uma pedra que você jogou no lago? Por enquanto sua vida segue normal, ninguém disse nada, mas ele suspeita que, mais cedo ou mais tarde, receberá uma ligação. E vai ter que falar.

* * *

– Se o Homem-Aranha foi picado por uma aranha e desenvolveu superpoderes, imaginei que poderia acontecer a mesma coisa se eu fosse picado por outro inseto. Por uma vespa, por exemplo.
– E o que aconteceu?
– Eu me transformei numa delas e consegui afastar os monstros, consegui fazer com que tivessem medo de mim. A partir daquele dia, comecei a ter poderes.
– De que tipo?
– Por exemplo, sou capaz de respirar debaixo d'água pelo tempo que quiser. Aliás, acho que eu poderia viver debaixo d'água, se tivesse vontade.
– Nossa...
Ela continuou anotando no caderninho. Ficamos em silêncio.
– Pode continuar, continue...
– Bem, também tenho outros poderes. Posso escutar qualquer conversa de longe, posso enxergar muito bem no escuro, consigo correr bem mais rápido que todo mundo. Mas, apesar de todos esses poderes, os monstros continuavam aqui. Eles iam embora, mas voltavam depois. Por isso decidi procurar um novo poder, um poder tão grande que os impedisse de fazer qualquer coisa. E acabei encontrando.

– E que poder é esse?
– Sou capaz de ficar invisível.

* * *

– Invisível?
– Sim. Você não leu as notícias? Todo mundo só fala disso.
– Não, não li. Fale sobre o que aconteceu. Como você ficou invisível?
– Bem, foi por acaso. Um dia, quando estava cercado por monstros, quis muito sumir dali, me concentrei, me agachei... De repente, quando abri os olhos, percebi que os monstros não me viam mais. Eles olhavam para todos os lados, menos para mim. Estavam bem na minha frente, mas não me viam... E foram embora sem saber que eu continuava ali. A partir daquele dia resolvi melhorar minha técnica para poder desaparecer sempre que quisesse.

Nesse momento a psicóloga fechou o caderninho e o guardou na bolsa.

– E poderia fazer isso agora?
– O quê?
– Poderia ficar invisível agora mesmo?
– Bem, não. Desde o acidente, acho que perdi a capacidade de fazer isso.
– Uau... – disse ela, começando a se levantar. – Bem, acho que é melhor pararmos por aqui hoje.

– Já acabou?
– Já, sim.
– Mas... ainda falta muita coisa. Não contei nada sobre quando voei com um dragão.
– Com um dragão? Olha – disse ela, pendurando a bolsa no ombro –, acho melhor a gente continuar amanhã.
– Mas é verdade! Tudo que contei é verdade! Juro! – gritei.
Ela segurou minha mão e disse:
– Fica tranquilo, eu não acho que você está mentindo. Tudo que me contou pode ser consequência da pancada que sofreu no acidente. Também pode ser por causa dos quadrinhos que seus pais disseram que você gosta de ler. Pode até ser porque... Não sei, não sei por que você me contou tudo isso, mas é melhor fazermos uma pausa por enquanto. Amanhã eu volto e continuamos, tudo bem?
E me deu um beijo, segurou sua bolsa com força e foi embora dizendo até amanhã.

* * *

Não entendo o que aconteceu. Por que ela foi embora desse jeito? Não pude ficar invisível na frente dela porque perdi esse poder desde que estou aqui no hospital. Mas isso não significa que tudo que vivi seja mentira.

Entendo que é difícil acreditar nisso. Aliás, quando aconteceu pela primeira vez, também fiquei perdido.

No início, conseguia ficar invisível por poucos minutos. Mas consegui ir aumentando o tempo. Um dia consegui por meia hora. Outro dia, quarenta minutos, uma hora... Às vezes ninguém me via por horas seguidas!

Mas nunca consegui desaparecer por um dia inteiro. Em algum momento, eu sempre ficava visível e alguém me via.

O problema é que nunca consegui controlar bem esse poder: às vezes, quanto mais eu queria ficar invisível, mais gente me via. Por outro lado, quando queria que todos me vissem, meu corpo resolvia desaparecer.

Nos primeiros dias eu me sentia um super-herói, pensava ser a única pessoa no mundo capaz de ficar invisível. Mas, poucos dias antes do acidente, encontrei no parque alguém que também tinha conseguido fazer isso anos atrás.

– Você não é o único que já tentou ficar invisível, sabia? Isso

acontece com muita gente, mas todo mundo guarda segredo, ninguém diz nada.
– Por quê? – perguntei.
– Bem... para quem você contou?
– Para ninguém...
– Olha aqui – disse a pessoa, dando meia-volta e levantando o cabelo para mostrar a nuca. – Sabe o que é isso?
– Parece a cabeça de um dragão.
– Sim, é um dragão. Mas é um dragão muito especial.
– Por quê?
– Porque esse dragão apareceu quando eu queria desaparecer...

* * *

Num pequeno apartamento, uma psicóloga tenta dormir, mas não consegue. Transformar-se em vespa, respirar debaixo d'água, ver monstros, ficar invisível, voar com um dragão... Por que um menino precisaria inventar tudo isso? Ela sabe que ele não é louco, por isso não entende o que está acontecendo. Após rolar mil vezes na cama e pensar em várias outras coisas, finalmente consegue dormir.

No dia seguinte, de volta ao hospital, esse menino lhe conta a mesma verdade, mas de maneira diferente.

E ela sente um aperto no coração. Por um momento, acha que nunca mais voltará a vê-lo. E começa a acreditar em monstros, poderes e dragões. Entende de onde vem a sensação de asfixia ao acordar, os elefantes no peito. Sobretudo, entende por que ele escuta um apito tão alto na cabeça.

E só então ela percebe que, para ser monstro, não é preciso fazer nada especial. Às vezes basta não fazer absolutamente nada.

* * *

OS MONSTROS

O primeiro monstro

Tudo começou numa sexta-feira.

Seria uma sexta como outra qualquer, a única diferença era que faríamos uma prova de matemática no último tempo de aula. Sim, no último tempo de uma sexta-feira.

Passei várias semanas me preparando para essa prova, que seria muito importante para a média final. Mas também porque gosto de matemática, gosto de brincar com os números, de fazer cálculos mentais... isso é parte do meu defeito.

Lembro que, naquele dia, como em quase todos os dias de prova, acordei bem cedo, antes que meus pais.

Lembro também que minha irmã, como fazia quase todas as manhãs, veio correndo se aconchegar ao meu lado na cama. E esse detalhe é muito importante nessa história, tão importante que conseguiu salvar minha vida.

Acho que, como todos os dias, minha mãe precisou insistir para que eu me arrumasse e ficou gritando da cozinha para que eu descesse logo e tomasse café.

Na minha casa, o café da manhã sempre foi um pouco caótico: meu pai toma um café e sai correndo para o trabalho. Minha mãe não come nem bebe nada, veste minha irmã e depois vai bem cedo com ela até a escola, para não chegar tarde no trabalho. E eu fico em casa sozinho das 7h45 às 8h10, mais ou menos, que é quando vou para o colégio.

Da minha casa até o colégio demoro uns quinze minutos andando, mas isso era antes de ter superpoderes. Depois eu conseguia chegar em menos de cinco minutos. Cinco minutos! Às vezes até menos.

Nesse tempo em que fico sozinho, sempre aproveito para preparar meu sanduíche. Meu pai diz que não vai criar filhos inúteis e que, se eu quiser comer algo na escola, devo preparar meu lanche. E isso, nessa história, é muito perigoso, pois quase acabou mal, muito mal. Eu quase matei um monstro.

Naquela sexta-feira, como em vários outros dias, saí de casa às 8h10. Eu sabia que demoraria uns dez minutos para atravessar o parque até a casa de Zaro. Sempre nos encontrávamos num supermercado que fica na esquina da rua dele. Depois caminhávamos juntos até o descampado onde Kiri nos esperava. Era assim quase todos os dias. E chegávamos juntos ao colégio. Isso antes de eu me tornar invisível, claro. Naquela sexta-feira, como todos os dias, peguei a mochila, fechei a porta e desci as escadas.

* * *

Naquela sexta-feira, no mesmo instante em que um menino que ainda não sabe o que é ser invisível sai de casa, outro menino também sai de um apartamento situado a muitos quarteirões de distância e vai para o colégio.

Ele fará a mesma prova de matemática no último tempo de aula, mas não estudou nada. Na verdade nem liga se vai tirar nota boa ou não, pois vai passar de ano de qualquer jeito. Vantagens do sistema, pensa.

Sai com uma mochila em que poderia carregar livros ou pedras, pois usaria os dois da mesma maneira – e as pedras ainda seriam mais úteis. Ele tem outras coisas em mente, como Betty, por exemplo, uma linda menina com piercing no nariz e no umbigo.

E lembra que saiu de casa sem lanche, mas isso também não importa, na hora do recreio ele sempre consegue alguma coisa.

* * *

Atravessei o parque bem rápido, acho que pensando nas questões da prova, e quase nem percebi quando cheguei na esquina do supermercado, onde Zaro me esperava. Ele é meu melhor amigo, me conhece desde a infância. Passamos muitos verões juntos: na casa dos meus avós, na casa dele, em colônias de férias... Quando cheguei, trocamos um aperto de mão seguindo o mesmo ritual de anos, desde o dia em que uma corrida de bicicleta terminou meio mal.

Acho que, naquela sexta-feira, conversamos sobre muitas coisas: sobre a prova, sobre Kiri, sobre o que faríamos no fim de semana, sobre como eu tinha me preparado bem para a prova, sobre ele ter se preparado como sempre. Esse "como sempre" significava passar raspando, mas passar. Zaro nunca tirava mais que 7, mas nunca menos que 6. Sempre o mínimo para não reprovar, mas o ideal para não se destacar.

Conversamos também sobre a loucura de marcar uma prova para o último tempo do dia, ainda por cima numa sexta. Todo mundo sabe que fazer prova no último tempo é a pior coisa do mundo. É muito melhor no primeiro, pois o que estudamos está mais fresco na cabeça. E nos livramos logo disso, além de não passarmos o dia todo nervosos.

Continuamos descendo até o descampado. Ali, na esquina do outro lado da rua, vimos nossa amiga. Naquele dia, dava para ver Kiri de longe. Ela é muito diferente de mim, está sempre visível, muito visível, e naquele dia ainda mais...

* * *

Kiri estava toda de amarelo, da cabeça aos pés: casaco amarelo, calça amarela, tênis amarelos. Parecia um limão-siciliano com pulseiras.

Ficamos um bom tempo rindo, mas ela nem ligou. Isso é o que mais adoro em Kiri: ela nunca se importa, não liga para o que os outros pensam.

Dois minutos depois, chegamos ao colégio.

Lembro que, naquele dia, como em quase todos os dias de prova, muita gente levou o livro ou as anotações para o recreio, revisando até o último instante. Eu não, nunca gostei de revisar nada antes de uma prova.

Mas Kiri e Zaro foram lanchar com seus livros.

Tocou o sinal do fim do recreio e todos saímos correndo. Os dois tempos seguintes, os dois últimos, tinham sido juntados para a prova, que seria mais longa que o normal.

Ficamos esperando no corredor, fora da sala de aula, até o professor chegar. Ele demorou. Nos dias de prova, sempre surge a esperança de um imprevisto: talvez ele esteja doente, ele pode ter perdido as provas... mas nada disso aconteceu. O professor entrou correndo, suando, carregando pilhas de papéis.

– Vamos, vamos! – gritou, caminhando nervoso pela sala.

Estava acompanhado por outra professora, que ficou na porta e começou a fazer a chamada. E assim, em ordem alfabética, fomos nos sentando nas carteiras. É curioso como um pequeno detalhe pode mudar tudo. Naquele dia, se as mesas estivessem arrumadas de outra forma, se alguém tivesse faltado, se tivessem pulado algum nome na lista... se qualquer uma dessas coisas tivesse acontecido, eu não estaria aqui nesse hospital. Só isso, um detalhe pode mudar uma vida.

* * *

Entramos e vimos que Zaro se sentaria na outra ponta da sala, mas Kiri estava quase do meu lado, a duas fileiras. Estiquei a cabeça e a cumprimentei. Rimos e mil sardas se mexeram no rosto dela.

– Silêncio! – Ouvimos de repente, mas ninguém calou a boca.
– Silêncio!!! – Agora mais forte.

Foram necessários mais uns quatro pedidos de silêncio para que todos ficassem quietos.

– A prova vai ser distribuída virada para baixo – disse o professor, colocando os óculos. – Ninguém pode desvirar até que eu autorize.

Enquanto ele e a professora assistente distribuíam as provas, a primeira coisa que todo mundo fazia era virar a folha para ver as questões.

– Quando terminarem, é só entregar e estão dispensados, porque hoje é sexta-feira – disse ele, com um leve sorriso.

– Se quiser, entrego agora mesmo – disse alguém no fundo da sala, e todo mundo começou a rir.

– Chega de bobagem, a prova começa agora.

Tínhamos uma hora e meia para terminar.

Mas acabei bem antes.

E todos perceberam.

E esse detalhe também pode ter mudado tudo.

A prova estava fácil, eu diria até muito fácil. Meu tio, que também é professor, diz que as matérias vão ficando cada vez mais simples, que o nível precisa ir baixando, nivelando por baixo, chegando ao nível dos menos inteligentes, para que os mais preguiçosos da turma não se sintam mal. "Qualquer dia desses, quando um aluno não souber escrever, vão deixar todo mundo estudando caligrafia o ano inteiro", disse ele uma vez.

Olhei o relógio. Não tinha nem uma hora de prova, mas eu já tinha acabado. Dei uma espiada em volta e vi cada aluno mergulhado no próprio mundinho: uns mexiam a caneta devagar, sem escrever quase nada; outros pareciam ler as questões mil vezes; alguns, de vez em quando olhavam para o teto em busca de inspiração... e eu, eu já tinha acabado.

Mas sentia vergonha de entregar tão rápido, então comecei a fingir que revisava as questões.

No colégio, é importante não ser muito inteligente, pois assim ninguém presta muita atenção em você. O melhor é não se destacar de mais nem de menos. Aliás, o preguiçoso é mais valorizado que o esforçado, pelo menos é o que meu pai sempre diz.

E era isso que eu fazia, revisando as questões sem revisar, quando escutei:

– Psiu, psiu...

* * *

–Psiu, psiu...

Parecia um sussurro.

Fiquei quieto, tentando entender se aquele som era real ou se eu estava imaginando coisas.

– Psiu, psiu... – Mais uma vez.

Não, não era fruto da minha imaginação. Além disso, dessa vez o sussurro era mais forte. Alguém atrás de mim me chamava. Mas não me virei. Não me virei porque sabia quem estava ali.

– Psiu... Ei, idiota... Estou falando com você – murmurou.

E me assustei.

Não virei o corpo todo, só o suficiente para confirmar o que já suspeitava: ali, bem atrás de mim, estava ele.

– Passa sua prova – ordenou, baixinho.

– É que... não acabei – menti.

– Dane-se – sussurrou. – Me dá a sua e pega a minha.

Nesse momento percebi algo roçando minhas costas. A prova dele, imaginei. Senti um calafrio pelo corpo.

Procurei o professor com o olhar, mas ele estava no outro canto da sala, atendendo um aluno.

– Me dá agora, imbecil! – exigiu, com mais urgência.

E, naquele instante, minha resposta poderia ter mudado tudo. Talvez não tivesse despertado o primeiro monstro, o primeiro de uma longa lista, de uma lista de mais de dez, mais de cem, mais de mil...

Uma palavra que mudou minha vida a partir daquele momento.

* * *

NÃO

– O quê?! – gritou, furioso.

E me calei, encolhendo o corpo para a frente, com medo de receber um golpe por trás.

– O que está acontecendo aí? – perguntou o professor, chegando mais perto.

– Nada, nada – respondeu ele.

– Nada – respondi.

– Já acabou? – questionou o professor.

– Sim, acabei – respondi, entregando a prova, morto de vontade de sair dali.

– Certo. Quem for acabando, pode entregar e ir para casa.

E um monte de cadeiras se arrastaram no chão.

Naquele dia não esperei Kiri nem Zaro, peguei minha mochila, saí da escola e comecei a andar rápido, voltando para casa o mais depressa possível.

Olhei várias vezes para trás. Não tinha ninguém, mas eu continuava tremendo, pois sabia que aquele NÃO me traria problemas.

* * *

E, no mesmo instante em que um menino sai muito rápido, voltando para casa, outro fica imóvel, olhando uma prova em branco, cheio de raiva e surpresa.

"Não. Ele me disse não", continua pensando, sem prestar atenção em mais nada, nem na prova, nem nos amigos, nem no professor... Nada, como se aquela simples palavra de três letras tivesse colapsado sua mente.

Sua mente e, sobretudo, seu corpo estavam acostumados a sempre conseguir o que queriam. Talvez por isso ele fosse incapaz de assimilar o que aconteceu. Há muito tempo não lhe negavam alguma coisa. Nem em casa, nem na escola, nem na rua... porque um NÃO significava transformá-lo em inimigo.

Ele é alto, forte e bonito, e acredita que, na sociedade em que vive, não precisa de mais nada. Além disso, é dois anos mais velho que seus colegas. Seu único defeito é não ter um pedaço do dedo mindinho, embora tenha transformado isso em vantagem, dizendo que o perdeu numa briga, na mesma briga em que ganhou a cicatriz que tem no peito, bem perto do coração. Isso é o que ele diz. Ninguém sabe a verdade, mas ninguém ousa duvidar.

"NÃO."

"Ele me disse não", pensa o menino.

"Mas quem esse idiota acha que é?"
"Ele me disse não e na frente de todo mundo. Todos escutaram. Ele me fez passar vergonha."
"E pior de tudo: vou tirar nota baixa de novo." Meus pais me avisaram que da próxima vez que isso acontecesse eu ficaria sem celular, sem mesada, sem videogame, sem nada."
"Por culpa desse idiota fui mal na prova, mas ele vai me pagar, claro que vai."
"Ele me disse não."

Na verdade, o pior não é a nota baixa, pois ele sabe que, no fim das contas, os pais vão liberar o celular, a mesada, o videogame e tudo que for preciso. O pior é aquele não. Um não que o persegue a cada passo, a cada pensamento. Não, não, não, não, não... Três letras que parecem uma metralhadora, que impactam uma mente desprovida de ferramentas para lidar com a frustração.

Ele queria poder se vingar agora, neste exato momento. Odeia esperar. Dá vários chutes numa porta para descarregar a raiva. Cospe, cerra os punhos, trinca os dentes com tanta força que parece que vão se quebrar.

Não pode esperar porque não sabe esperar, porque ninguém lhe ensinou. Por isso precisa fazer alguma coisa. Caso contrário, vai ficar louco. E surge uma ideia em sua cabeça.

"Isso vai ser perfeito", pensa, ligando para um amigo.

* * *

Naquela sexta-feira, cheguei em casa muito nervoso.

Não consegui enfiar as chaves na fechadura na primeira tentativa. Nem na segunda, nem na terceira... Meus dedos tremiam. Entrei em casa e fechei a porta o mais rápido possível, como se um fantasma me perseguisse.

Meus pais ainda não tinham chegado e fiquei muito tempo perambulando pela sala sem saber o que fazer. Tentei me convencer de que ficaria tudo bem. De que, na segunda-feira, quando eu voltasse ao colégio, tudo seria esquecido.

Abri a geladeira, peguei algo para comer e fui para o quarto mergulhar nos meus quadrinhos. Sempre que eu enfrentava algum problema, essa era minha terapia.

Fiquei um bom tempo lendo, observando os quadrinhos, imaginando o que o Homem-Aranha, o Super-homem ou o Batman teriam feito no meu lugar.

No fim das contas percebi que estava olhando os desenhos, mas não conseguia me concentrar em nada. Larguei as revistas e me deitei de costas na cama.

Comecei a olhar cada pôster que tinha no meu quarto e a frase de um deles chamou a minha atenção: "Seja mais do que um homem na mente do seu adversário."

Li a mesma frase várias vezes. Parecia ter sido escrita para mim: "mais do que um homem..."

Fiquei um bom tempo encarando o teto, sem fazer nada, deixando os minutos passarem, até que chegou uma mensagem no meu celular.

Levantei num pulo, assustado.

* * *

Oi. O q aconteceu? Vc foi embora mt rápido depois da prova

Era Zaro.

Nada. Tava com pressa

O q houve?

Nada

E com o MM?

Ele queria minha prova

Cuidado com ele

Sem problema

E na prova, foi bem?

Fui sim, mt bem, tranquilo

Ótimo, tb fui bem, não achei difícil

E a Kiri?

Vc sabe q ela sempre diz a mesma coisa, q foi mais ou menos, mas deve ter ido bem

O q vai fazer amanhã?

Compras com meus pais, acho

Ah, a gente deve passear

Legal

Até segunda

Até

Aproveite o fds
:)
:))
:)))
:))))))

E parou de escrever.

E voltei a pegar os quadrinhos. Ao terminar de ler duas páginas, recebi outra mensagem.

"Que insistente", pensei, mas olhando a tela do celular percebi que não era o meu amigo.

Meu coração disparou.

* * *

Oi!!!
Escrevem do outro lado da tela.
Oi!!!!!!
Ele responde, e o coração dela também acelera. E ela sente tudo tremer: seus dedos, as sardas e até o sorriso.

Há muito tempo que ela espera o melhor momento de confessar o que sente, de pedir um beijo, uma tarde no cinema, um abraço desses que tiram o fôlego... mas não se atreve. São amigos há tanto tempo que ela não sabe mais como mudar essa situação, como passar do companheirismo ao amor sem estragar o primeiro nem fechar as portas do segundo.

Por isso, pelo menos por enquanto, vai continuar assim, ensaiando pelo celular o que não tem coragem de fazer pessoalmente. A cada dia, soma mais um emoji a suas mensagens: hoje um coração ou uma carinha piscando, amanhã um sorriso com um beijo... para que essas imagens expressem o que ela não tem coragem de dizer.

* * *

Era Kiri. Meus dedos tremiam.
Meu pai diz que, nessa vida, o coração dispara por dois motivos: primeiro, por amor; segundo, por medo.

Oi!!!
Respondi:
Oi!!!!!!
E a prova?
Boa, muito boa
Pq saiu tão rápido?
Pressa, tinha q ajudar em casa
O q vai fazer no fds?

E ficamos assim, trocando mensagens por mais de meia hora. Sempre que ela me mandava um coração junto com a resposta, eu começava a flutuar. Suspeitava que ela mandava esse emojis para todo mundo, mas preferia pensar que os beijos na minha tela eram só para mim.

Sempre gostei de Kiri, mas esse ano percebi que gosto dela de verdade, acho que me apaixonei. No meu último aniversário, soprei as velas com muita força, porque o pedido foi enorme. O problema é que somos amigos há tanto tempo que, se ela gostasse de mim, acho que já teria falado alguma coisa ou talvez eu tivesse notado. Por isso, nesse tempo todo, eu nunca quis dizer nada, não queria estragar nossa amizade. Preferia ter Kiri todos os dias como amiga a não ter nada.

Após um monte de mensagens, nos despedimos: ela mandou um coração roxo e duas carinhas com beijos que me arrancaram um sorriso.

Logo depois, meus pais chegaram em casa.

Deixei o celular no quarto e fui ficar com eles.

Tinham comprado pizza, era sexta-feira. Comemos os quatro juntos na mesa de jantar.

Depois vimos um pouco de televisão, mas logo fui para o quarto dizendo que estava cansado, que não tinha dormido muito estudando para a prova. Na verdade eu queria reler todas as mensagens de Kiri, nossa conversa inteira. Era um jeito de voltar a sentir suas palavras, de ver se algum de seus beijos ou corações poderia significar algo mais.

Mas, quando peguei o celular, encontrei uma mensagem nova, que eu não esperava. E dei de cara com o segundo motivo que faz o coração da gente acelerar:

Foi um não, né? A gente se fala na segunda.

* * *

Aquela foi a primeira de todas as ameaças que chegaram no fim de semana.

No sábado, depois de um monte de mensagens cheias de insultos, resolvi tirar o som do celular. Ainda assim, sempre que ele vibrava, meu corpo todo tremia junto.

No domingo, desliguei o aparelho.

Até ali, eu só conhecia MM de vista. Era meu primeiro ano no colégio. Na minha turma tinha quatro meninos e duas meninas do colégio anterior, mas amigos, *amigos mesmo*, eu só tinha dois: Zaro e Kiri.

Os primeiros dias de aula foram muito melhores do que eu esperava. Todos os alunos eram novatos e estavam nervosos. Todos menos MM, que tinha repetido de ano.

E vieram as primeiras provas. Como sempre, por conta do meu defeito, tirei as melhores notas. Além de algumas implicâncias e gritos de "CDF", não tinha acontecido nada de mais até aquela maldita sexta-feira, quando o acaso fez MM se sentar atrás de mim na prova de matemática.

Passei o domingo todo no quarto. Disse aos meus pais que estava com dor de estômago e fiquei horas e horas na cama, lendo meus quadrinhos.

De vez em quando Luna vinha até o meu quarto e fingia ser a médica que cuidava de mim, usava seu termômetro de mentirinha, seus remédios de mentirinha e espalhava curativos por todo o meu corpo, mas esses eram de verdade.

E o domingo passou assim, muito lento, e fiquei imaginando o que poderia acontecer na segunda. Por isso, quanto mais a noite se aproximava, mais nervoso eu ficava. Não queria que o dia seguinte chegasse, não tinha vontade de ir à escola nem de encontrar MM.

Jantei sem fome, voltei a reclamar do estômago e me deitei cedo.

Peguei o celular pensando em ligá-lo. Queria saber se tinha mensagem de Kiri com uma carinha sorridente ou emojis de beijos... qualquer pequeno detalhe desse tipo poderia me fazer feliz. Mas, por outro lado, não queria saber se MM tinha escrito de novo, não queria encontrar mais ameaças, mais insultos...

No fim das contas, percebi que o medo era mais forte que o amor e resolvi manter o celular desligado.

E fechei os olhos, mas não consegui dormir.

* * *

Segunda-feira

E a segunda chega para um menino que não quer ir à escola. Ele olha pela janela, pedindo que uma nevasca o impeça de sair, que chova tanto que a cidade vire um mar, que faça tanto frio que até os medos congelem... mas não, é um dia de sol.

Poderia continuar fingindo que está com dor, mas isso seria um caos. Seus pais precisam ir trabalhar, Luna tem que chegar cedo na escola... e não é hora para vacilar no trabalho, escutou a mãe dizendo dia desses. E quanto tempo pode durar uma dor de barriga? "Até que ele se esqueça de mim", pensou.

Desceu sem vontade de tomar café, mas disfarçou para que os pais não percebessem nada, para não ter que dar explicação.

O pai já tinha saído, a mãe sairia em poucos minutos e ele ficaria sozinho.

Vai preparar o sanduíche, arrumar a mochila... mas vai deixar o celular no quarto, desligado. E irá para o colégio. Sabe que vai tirar a melhor nota de todas na prova. O que não sabe é se isso é bom ou ruim.

* * *

A segunda-feira também chega para um menino com nove dedos e meio. Um menino que tem mais vontade do que nunca de chegar ao colégio. Olha pela janela à procura do sol, pois não quer ter nenhuma desculpa para ficar em casa. Se bem que hoje ele sairia de qualquer jeito, mesmo que desabassem mil tempestades, que uma nevasca cobrisse tudo, que o frio estivesse cortante... Aliás, nem doente ele faltaria hoje.

Acordou cedo, se arrumou e foi direto para a cozinha. Lá estava sua mãe preparando o café, o lanche, tudo que fosse preciso... Ela acha que assim, fazendo de tudo, poderá compensar o que acontecera anos atrás.

Seu pai, por outro lado, quase nunca é visto, trabalha o dia inteiro e, quando está em casa, nenhum dos dois quer conversa. O pai, por viver com um sentimento de culpa que oprime seu corpo. O filho, por ter se acostumado à situação – à ausência de palavras e de carinho entre eles.

Pega a mochila disfarçando a empolgação para que os pais não percebam nada diferente, para não ter que dar explicações.

Nas mãos, carrega o celular que passou o fim de semana inteiro enviando mensagens que não foram respondidas. "Covarde", pensa.

Sorri enquanto caminha até o colégio. Sabe que vai tirar nota baixa na prova, mas é nutrido por um novo ânimo.

* * *

Aquela foi a primeira de muitas manhãs em que saí de casa com medo. Atravessei o parque olhando para os dois lados, procurando Zaro de longe. Quando cheguei perto, ele logo me perguntou sobre o celular.

– Deixou desligado o fim de semana inteiro?

– Deixei, estava passando mal, com dor de estômago... a bateria acabou e não carreguei – menti.

– É, você não está com uma cara muito boa – disse ele.

E com isso me senti um pouco pior.

Também me perguntou se tinha acontecido algo com MM durante a prova, mas respondi que não.

– Cuidado com ele. É do tipo que não se importa com nada.

Poucos minutos depois encontramos Kiri. Ela sorriu assim que me viu, e isso alegrou meu dia. Só isso, um sorriso, embora sem emojis, sem beijos, sem corações roxos...

Chegamos ao colégio e voltei a olhar para todos os lados, tentando achar MM, mas ele não estava em lugar nenhum, o que me deixou ainda mais nervoso.

* * *

Aquela foi a primeira de muitas manhãs em que um menino com nove dedos e meio foi para o colégio com uma nova motivação.

Poucos minutos mais tarde, encontra os amigos numa pracinha.

– Ele respondeu às suas mensagens?
– Não respondeu nenhuma, acho que nem leu.
– Covarde.
– É um covarde mesmo.

Chegam cedo ao colégio muito antes do habitual e se escondem num canto, distantes, onde é fácil ver e difícil ser visto.

E o veem. Sim, justo o menino que logo ficará invisível é a primeira pessoa que eles avistam.

MM percebe que ele está nervoso, que fica olhando para todos os lados, que não se separa dos amigos... sinal de medo.

Medo, o combustível de pessoas como MM.

Se nosso futuro menino invisível demonstrasse outra atitude, mais desafiadora, mais despreocupada, se parecesse mais seguro de si, mais tranquilo... talvez MM não tivesse se alegrado tanto. Mas tudo que MM via era o medo.

* * *

Entrei na sala de aula com medo e olhei para a mesa dele, que continuava vazia. Sentei na minha cadeira, a três fileiras de distância, e prometi passar a aula toda sem olhar para trás.

O professor entrou.

O problema era que, na segunda-feira, a aula de matemática era justo a primeira. Rezei para que as provas ainda não tivessem sido corrigidas, para que ele não falasse sobre as notas.

– Oi, pessoal, já trouxe as notas da prova. – Isso foi a primeira coisa que ele disse. – Passei o fim de semana corrigindo para me livrar logo disso. Como sempre, muito, muito ruim.

E começaram a surgir risadinhas.

– Mas temos algumas exceções – continuou, tirando as folhas da pasta.

Lá estava eu, a exceção, a maldita exceção.

Começou a dizer as notas em voz alta, algo que eu detestava, mas que ele adorava. Porque, se aquele professor gostava de algo, era de ridicularizar os alunos.

– Dois, três e meio, quatro e meio, seis, cinco, um...

Foi anunciando todas... e chegou a vez de MM.

– Um e meio. Um por saber escrever seu nome e meio de presente.

E um constrangimento pairou pela sala. Muitos não sabiam o que fazer, se riam para aliviar o clima ou não, pois o valentão poderia pensar que estavam rindo dele.

E mais notas, mais notas baixas... até que chegou a minha prova.

– Dez. Genial como sempre. Aprendam com ele. Esse menino vai longe.

Começaram os assobios e falatórios... Não consegui olhar para trás e ver a cara de MM, mas podia imaginar. Nesse momento eu já queria ser invisível, não estar presente quando todos olhavam para mim.

De repente, enquanto o professor continuava falando as notas que faltavam, uma bola de papel atingiu minhas costas. Foi a primeira de muitas, de milhares. Não olhei para trás porque eu sabia quem tinha jogado.

Pensei muitas vezes naquilo. O que aconteceria se eu tivesse me levantado, me aproximado da mesa de MM e dado um soco nele? Sem dúvida, tudo aquilo acabaria, ele nunca mais jogaria bolinhas em mim.

Mas não fiz nada disso, porque precisaria ser alguém que não sou e ter uma coragem que não tenho.

Tocou o sinal do recreio e comecei a ficar nervoso. Procurei Kiri e Zaro e corri para ficar entre os dois.

E saímos.

* * *

Aquele um e meio foi um duro golpe para MM, embora ele tente fingir que não e que ria na frente de todos. Ele sabe que uma nota baixa aumenta sua popularidade, que será mais respeitado, mais temido... porém, no fundo, existe uma realidade diferente. Realidade que o faz ficar triste quando está sozinho em seu quarto, pensando que nunca conseguirá ser mais inteligente, que sempre será o pior da turma. O malvado, sim, o popular, o bonitão, o forte... e também o inútil, o que não serve para nada.

Por isso, para compensar esse ponto fraco que jamais confessará a ninguém, ele usa a violência, o que por enquanto vem funcionando. É a raiva que compensa a impotência, a raiva contra um menino que representa tudo que ele não tem, um menino que tira notas ótimas com a mesma facilidade com que ele distribui socos.

Por isso, para extravasar a ira que o domina, assim que forem para o pátio, ele pretende ir atrás do culpado de tudo, pretende procurar esse menino que não o deixou colar na prova.

E a cada segundo seu corpo vai acumulando mais raiva.

* * *

Fui para o pátio com Zaro, Kiri e outras duas meninas da turma. Ficamos no mesmo lugar de sempre, num canto perto do chafariz. Naquele dia tentei ficar no meio de todos, como se eles fossem um escudo de proteção.

Mas nem sempre podemos evitar o inevitável, e o inevitável chegou.

Nem tínhamos começado a comer nosso lanche quando MM e dois meninos se aproximaram. Ele falou diretamente comigo, em tom de raiva:

– Sua resposta é não, né?
– O quê? – Foi tudo que me atrevi a perguntar.
– Você sabe do que estou falando, da prova que não quis me passar... idiota!

E esse *idiota* saiu da boca de MM com ainda mais raiva.

– É que iam pegar a gente... – tentei me desculpar.
– Não, não iam. Você não quis me ajudar, seu imbecil.
– Não, não. O professor ia pegar a gente...
– Quem vai te pegar sou eu.

E, nesse momento de frustração, MM me empurrou.

Não foi um empurrão forte, só me mexi um pouco, mas foi a gota d'água para nós dois.

Para mim, porque comecei uma coisa que não sabia como parar. Para ele, porque minha falta de defesa e reação indicavam que ele podia continuar.

– Ei, ei! Quem você acha que é? – gritou Kiri.

– Você tem uma defensora – zombou MM.

Sem que eu percebesse, ele esticou o braço e pegou meu sanduíche.

– Vamos ver o que tem aqui dentro – disse, rindo e se afastando alguns metros.

Ficamos esperando.

– Ah, é atum. Eu não gosto.

E jogou o sanduíche no chão.

Depois me encarou, acho que para ver se eu reagiria. Ao perceber que eu não faria nada, levantou o pé e pisou no sanduíche com toda a força.

E ficou ali, na minha frente, rindo. E eu fiquei olhando para o sanduíche amassado no chão.

Poucos segundos depois, aconteceu algo no meu corpo que não fui capaz de controlar.

* * *

O sanduíche

Bem nessa hora, o menino assustado, observando seu sanduíche no chão, acaba de descobrir a violência real. Não a violência que está acostumado a ver todo dia na televisão, essa tão distante, que atinge outras pessoas, em outros lugares... mas a que acaba de tocar seu mundo. Descobriu também a outra face da violência, a que nunca é mencionada: a de quem olha e não faz nada. A de todos esses colegas que se aproximam para ver o espetáculo, mas resolvem não intervir; a dos que, vendo uma briga, só sabem ligar a câmera do celular para dizer que estavam lá; a dos que, vendo um acidente, preferem fazer de tudo menos oferecer ajuda; a dos que, vendo uma injustiça, olham para o outro lado, para onde não há nada a ser visto.

Ao descobrir essas duas faces da violência, ele olha de novo para o chão e percebe que ali não está só um sanduíche destruído, e sim muitas coisas mais. Nesse sanduíche está o mundo, o seu mundo, inteiro: está seu pai chegando tarde todos os dias, cansado de trabalhar; está sua mãe madrugando para limpar casas de outras pessoas para que o dinheiro chegue ao fim do mês. Nesse sanduíche estão algumas das excursões das quais ele não pôde participar, os tênis da moda que não pôde comprar, a viagem ao parque de diversões que ele não pôde fazer, todos os filmes que não viu no cinema... Ali, no chão, está parte da sua vida, está o esforço de toda uma família para seguir em frente.

Ali, naquele pedaço de pão com atum.

E talvez seja isso o que faz alguém que nunca empregou a violência querer se transformar no Hulk, tomado pela raiva e pelo ódio. A sentir vontade de atacar, de dar socos, de destruir o inimigo. A perceber o sangue começando a arranhar por dentro, como se carregasse pedacinhos de vidro.

O problema é que ele não sabe como extravasar essa raiva, como se livrar do fogo que o queima por dentro... E isso, não saber como lidar com esse sentimento, gera consequências sobre seu corpo.

Como uma infecção que não encontra saída, sua pele começa a ficar vermelha, as veias incham no seu rosto, e as mãos, de tão apertadas, ficam cada vez mais roxas...

Ele, mesmo sem ver a si mesmo, sente todas essas mudanças na sua aparência, e por isso acha que, de alguma forma, está se transformando no Hulk.

O problema é que, vista de fora... a realidade é outra.

* * *

O rosto de um menino que tinha acabado de ver uma parte da própria vida jogada no chão começa a ficar vermelho: as orelhas, as bochechas, até o nariz... o rosto inteiro se inflama. As mãos começam a formigar, e também os dedos e as coxas... e ele começa a sentir um calor que parece querer incendiar seu corpo. Ele não sabe, mas é isso que acontece quando a raiva quer sair do corpo mas a mente não deixa.

E esse espetáculo, o de um menino que armazena violência mas não sabe como extravasá-la, arranca risadas do seu inimigo e de metade do pátio.

– Olha só, ele está ficando igual a um tomate! Olha só, um supertomate! – grita MM.

E esses gritos atraem mais alunos para perto de um menino que começa a suar, a tremer de medo e raiva, um menino que poderia, naquele mesmo instante, avançar contra MM e lhe dar um soco na cara, bem nos olhos, jogá-lo no chão e chutá-lo até que sangrasse... Porém, ao perceber que não seria capaz de fazer nada disso, sai correndo em direção ao banheiro, deixando para trás um rastro de risadas.

Entra, olha o espelho e não se reconhece.

Sabe que, quando fica nervoso ou sente medo, seu corpo reage dessa maneira e fica vermelho, mas isso nunca o afetara tanto quanto agora.

Joga água no rosto várias vezes, entra numa cabine, senta no vaso sanitário e tenta se tranquilizar.

Queria ficar um tempo ali, horas, dias... mas sabe que vai ter que sair, não para o pátio, mas para o mundo.

* * *

A partir daquele dia, meu celular começou a receber imagens do meu rosto em forma de tomate, imagens minhas transformado numa espécie de Hulk vermelho ou com o corpo inchado e deformado de um monstro. O problema é que eu não podia controlar isso, as imagens passavam de um celular a outro sem que eu pudesse fazer nada.

Nos dias seguintes comecei a encontrar coisas na minha mochila: um desenho com meu rosto em formato de globo, uma foto do Hulk, um tomate podre que manchou minha mochila e todos os meus livros.

Naquele dia comecei a mentir para os meus pais. Disse que tinha feito um sanduíche com tomate, que acabou sujando tudo...

Às vezes, quando eu entrava na sala de manhã, percebia que muitos colegas olhavam para mim e riam. No início eu não entendia o motivo, mas logo me dei conta de que aquilo acontecia quando compartilhavam uma piada, um vídeo ou alguma foto minha.

O que eu menos entendia era que a maioria dos que riam de mim nem sequer me conhecia. Eles não estavam lá quando fiquei vermelho. Riam só para não ficar de fora.

E no recreio... roubar meu sanduíche acabou virando a regra, era o espetáculo do dia. Sempre tinha gente esperando o momento em que MM se aproximaria para me humilhar.

Ele fazia isso para ver se eu voltava a ficar tão vermelho quanto no primeiro dia. Por isso sempre me atacava com mais força, me insultava durante mais tempo, queria ver muita gente em volta de mim enquanto me ridicularizava... E insistia até que eu não aguentasse mais e ficasse vermelho de novo. E, mais uma vez, surgiam as risadas, os vídeos, as coisas na minha mochila...

Às vezes ele pegava meu lanche e jogava no chão. Outras vezes, se gostasse, comia.

Sempre que ele fazia isso eu pensava também nos meus pais, no quanto eles trabalhavam. Como se sentiriam se soubessem que o filho era um covarde, tão incapaz de se defender que deixava outro menino roubar seu sanduíche todos os dias? E eu sentia vergonha, muita vergonha.

Então comecei a levar sanduíches menores para a escola, com menos recheio.

– Por que deixa o MM pegar seu lanche?

Era o que Kiri me perguntava, e também uma amiga dela, e alguns colegas meus.

"E por que vocês não me ajudam?", eu pensava.

– Melhor não fazer nada mesmo, talvez ele esqueça – dizia Zaro, tentando não se envolver muito.

– Tanto faz, desde que ele pare... – eu respondia.

– Mas ele vai querer cada dia mais e mais – falava Kiri. – Enquanto você deixar, ele vai continuar sendo assim. Quando se cansar de pegar seu lanche, vai querer outra coisa.

Até que chegou uma hora em que eu já não me importava que ele me empurrasse, me insultasse, roubasse meu sanduíche... Na verdade, o que mais me doía era saber que Kiri sempre estava por perto quando isso acontecia.

 Por isso, por ela, pelos meus pais, por mim, pela raiva que eu não sabia como botar para fora, bolei um plano para acabar com tudo aquilo. Um plano talvez exagerado, já que as consequências poderiam ser fatais, mas eu não ligava, pois acho que, quando o ódio toma conta da gente, a mente não consegue mais pensar direito.

 Ele não vai mais fazer isso, eu dizia a mim mesmo sempre que ele roubava meu lanche. Não vai mais fazer isso, eu pensava, olhando para ele, tentando lembrar onde minha mãe guardava o veneno de rato.

* * *

Na manhã em que decidi fazer isso, esperei até ficar sozinho em casa. Quando meus pais saíram, fui até a despensa, no andar de baixo, onde minha mãe guarda os produtos de limpeza, os desinfetantes... e acabei encontrando o que procurava: veneno de rato.

Peguei a pasta de avelã, misturei com o veneno e passei a mistura no pão, que embrulhei e guardei na mochila.

Naquele dia saí de casa mais feliz. Encontrei Zaro e abri um sorriso. Encontrei Kiri e sorri como há muito tempo não sorria, e no caminho até o colégio pensei nas possíveis consequências do meu plano.

Ele poderia comer e não acontecer nada, ou poderia comer e passar mal... Também pensei que pudesse sentir um gosto estranho e me enfrentasse por tentar passar a perna nele. Nesse caso, poderia me obrigar a comer o sanduíche. Mas também tinha chance de MM não querer comer e jogar tudo no chão.

Pensei em muitas possibilidades, mas não na que aconteceu, aquilo nunca tinha passado pela minha cabeça.

* * *

Entre bolinhas de papel nas minhas costas, risadas, olhares e mensagens de celular que eu quase nunca lia, tocou o sinal do recreio.

Saí com o sanduíche na mão, nervoso, querendo que ele se aproximasse. Esperei, começando a desembrulhar a embalagem com calma.

– O que o Sr. Tomate trouxe hoje para a merenda?

Era assim que ele me chamava desde o dia em que tudo aconteceu.

– Vou ver se eu gosto...

Como sempre, arrancou o sanduíche da minha mão.

– Hum, pasta de avelã. Disso eu gosto, agradeça à sua mãe.

Ele ria, assim como todos em volta dele, numa aglomeração cada vez maior.

Ele estava prestes a dar a primeira mordida, com parte do pão já dentro de sua boca, e então aconteceu algo que eu nunca imaginei fazer, algo que não fui capaz de controlar.

Não fui eu, juro. Não fui eu quem fez isso. Minha mente moveu meu corpo sem que eu desse qualquer ordem. Acho que o nome disso é consciência.

* * *

Talvez uma das características mais incríveis de um super-herói seja esta: em plena luta contra o mal, mesmo após ter vencido a batalha, ele é capaz de fazer tudo para salvar o inimigo.

Por isso, o menino que colocara veneno no próprio lanche, para surpresa de todos, lança-se contra MM e o faz cair no chão junto com o sanduíche, que se abre ao meio.

Por alguns instantes reina o silêncio, esse que surge após uma surpresa, após uma reação inesperada, após o despertar de um herói...

E no meio dessa cena pitoresca em que os protagonistas acabam de inverter seus papéis, o mais curioso talvez seja que a coragem que nosso herói nunca teve para se defender tenha aflorado justamente para salvar a vida do vilão.

Mas a surpresa inicial se dissipa.

E MM se levanta.

E celulares são erguidos à espera.

O que acontecerá com esse Super-homem que, de repente, voltou a ser Clark Kent? O que acontecerá com esse herói momentâneo que, ao perceber o que fizera, voltou a ser o menino anônimo de sempre? E o que acontecerá com esse vilão que, após titubear, já se pôs novamente de pé?

MM olha ao redor e vê um público que clama por vingança, com celular em punho. Com a fúria estampada no rosto, olha para o adversário. Agarra seu pescoço com uma das mãos, com a intenção de lhe dar um soco na cara com a outra, porque não pode decepcionar sua plateia.

E está com o punho preparado para atacar quando uma professora surge correndo e gritando.

– O que está acontecendo aqui? – pergunta ela, afastando os dois.

– Nada – responde um deles.

– Nada – responde o outro.

E assim, com a batalha adiada, termina uma vingança que poderia ter acabado muito mal, pois nenhum dos dois sabe que aquele sanduíche tinha veneno de mais.

MM volta para a sala de aula irado, pensando em como se vingar do que acabou de acontecer.

O menino-tomate volta para a sala de aula tremendo e se lembra da frase de um de seus filmes preferidos do Batman: "Ou você morre herói, ou vive o bastante para se tornar vilão." Ele sabe que é um herói porque acabou de salvar uma vida, mas também sabe que é um vilão porque esteve a ponto de acabar com essa mesma vida.

* * *

A partir do dia em que salvei a vida dele, as coisas só pioraram: cada vez mais empurrões nos corredores, mais pés esticados na entrada e na saída da sala, mais coisas enfiadas na minha mochila... mas tudo era feito de forma tão dissimulada que ninguém parecia ver nada.

Eu já estava acostumado a passar a aula inteira sendo acertado nas costas por todo tipo de coisa: no início eram só papéis, borrachas, pedaços de giz, cusparadas... depois começaram a jogar objetos que machucavam mais: lápis, canetas, apontadores de metal, pedrinhas... O problema é que eu nunca fazia nada, nunca reagia.

O que MM mais gostava era de me machucar na frente dos outros, para que todos rissem de mim, para se sentir importante, poderoso.

Às vezes eu pensava que merecia o que estava acontecendo comigo por ser tão covarde, por não enfrentar MM.

E eu pensava que, se não fizesse nada, ele acabaria se cansando e me deixando em paz. Mas isso não deu certo, muito pelo contrário.

Lembro que, no início, tudo acontecia dentro do colégio: na sala de aula, nos corredores, no recreio... Ele nunca tinha feito nada do lado de fora, na rua. Por isso, quando aconteceu, fui pego de surpresa.

Naquele dia voltei do colégio com Zaro e Kiri. Primeiro me despedi dela, com um tchau, quase sem trocarmos um olhar. Pouco depois, me despedi de Zaro.

Sempre voltávamos para casa em silêncio, nunca conversávamos sobre o que estava acontecendo comigo. Acho que eles não se atreviam a tocar no assunto porque não queriam me magoar nem me deixar mal. E eu preferia não dizer nada. Era como se, não falando do problema, ele deixasse de existir. Já era muito difícil passar por tudo aquilo. Pior ainda seria ter que conversar sobre o assunto.

Naquele dia, na esquina do supermercado, Zaro foi para a casa dele e eu para a minha, atravessando o parque. Foi quando me pegaram de surpresa.

Saíram de trás de uma árvore e me cercaram. Não tive tempo de reagir, fiquei paralisado, totalmente indefeso. Acho que eles mesmos se surpreenderam com a facilidade de me caçar.

MM ficou na minha frente e começou a rir, a me insultar, a me empurrar, enquanto outro menino gravava tudo no telefone. Um empurrão, dois, três, quatro... até eu cair. Tiraram minha mochila e jogaram o que tinha dentro no chão. Ouvi risos e mais risos, nada mais. Tinha muita gente em volta.

– Ainda temos que resolver aquela história do sanduíche – disse MM, enquanto ele e os outros se afastavam dando risadas.

* * *

No meio de um parque, um menino se ajoelha para pegar tudo que jogaram no chão: os livros, o estojo, o fichário, a autoestima.

Coloca tudo de volta na mochila e olha ao redor, torcendo para que ninguém tenha visto, pois a vergonha é mais dolorosa que as pancadas que recebeu. Mas há testemunhas, muita gente passou por ali enquanto tudo acontecia, só que ninguém se aproximou para ajudá-lo, ninguém perguntou como ele estava, todos olharam para um menino que tinha sua dignidade roubada, mas não fizeram nada.

"E amanhã começa tudo de novo", pensa.

Caminha com dificuldade até chegar perto de casa, mas, em vez de entrar, vira à esquerda, anda mais duas ruas, passa por uma pracinha e atravessa um beco que acaba num pequeno muro.

Olha em volta para ver se há alguém: não há.

Pula o muro e vai para o seu refúgio, seu cantinho secreto, um lugar que conhece há anos, mas que ultimamente visita mais do que nunca.

Deixa a mochila no chão e se senta, sozinho, esperando sua visão se acostumar ao ambiente mais escuro.

Foram várias tardes passadas ali desde o incidente no dia da prova. É o único lugar onde encontra um pouco de paz. Acima de tudo, é o único lugar onde pode se tranquilizar. Ali pode chorar e gritar quanto quiser, pode se livrar de toda a raiva que carrega dentro de si. Mas precisa fazer isso na hora certa. Olha o relógio e aguarda outros dez minutos. Pega um giz e começa a escrever uma lista muito especial na parede. Uma lista que será cada vez maior ou menor, e tudo dependerá disso – até a vida dele.

Espera chegar a hora certa.

Olha o relógio de novo: faltam só dois minutos.

Deixa o giz no chão, dá meia-volta e caminha alguns metros.

E, durante dez intermináveis segundos, grita o mais forte que pode, até sentir sua garganta queimar. Grita até não poder mais, até ficar sem fôlego.

Respira fundo, volta bem devagar à sua parede, senta-se ao lado da mochila e se sente melhor. Sabe que precisa desabafar de algum jeito para que o corpo não exploda, para que extravase tudo que carrega dentro de si.

Pega a mochila, coloca nas costas, pula o muro e começa a voltar para casa. Se chegar antes dos pais, não dirá onde esteve. Se chegar depois, terá que inventar alguma mentira: estava na biblioteca, estudando com Zaro, no parque...

E nesse dia, ao voltar para casa, esse menino vai jantar com a família e esconder tudo que está acontecendo.

Antes de dormir, vai dar um beijo na mãe, outro no pai e um abraço na irmã. Uma irmã que, como sempre, vai se deitar ao seu lado, esperando uma historinha, qualquer uma, ou simplesmente querendo dormir acompanhada.

Vai ser ali, na cama, que ele contará à irmã as aventuras de um menino que sonha em ter superpoderes, mas que ainda não os encontrou. Vai ser ali, na intimidade da noite, que ele contará o seu dia a dia envolto em aventuras e emoções.

E depois, quando ela dormir, ele mesmo a levará à caminha dela, ficando novamente sozinho num quarto que, cada vez mais, tem cheiro de tristeza.

Vai se deitar e pensar em tudo que aconteceu durante o dia. Sabe que os gritos não passam de um alívio momentâneo, que o pior sempre vem à noite, quando, com a casa em silêncio, todo o barulho começa a sair do seu corpo. Quando ele enfiar a cabeça embaixo do travesseiro, que silencia o sofrimento, começará a chorar por tudo que guarda no peito.

Depois virão, como todos os dias, a raiva, os socos no colchão, as unhas cravadas nos braços, o engasgo com a própria saliva ao chorar... Até que, abatido, vai lembrar que no dia seguinte tem prova de literatura, uma prova para a qual ele não estudou nada.

Da cama, olha para os livros na escrivaninha, a três metros, mas não encontra força suficiente para se levantar e ir pegá-los.

* * *

Na manhã seguinte acordei assustado. Eram 7h03 e eu tinha pouco mais de uma hora para pegar o livro e estudar um pouco. Abri e comecei a ler o mais rápido possível tudo que cairia na prova.

Estudei até meus pais saírem de casa, depois me vesti depressa e saí sem tomar café.

Cheguei ao colégio e não aconteceu nada, ninguém fez nada comigo.

E chegou a hora da prova. Como eu não tinha estudado direito nem estava com vontade de responder nada, deixei quase tudo em branco.

Naquela sexta-feira voltei para casa, fechei a porta e me senti um pouquinho feliz. Seriam dois dias sem ir ao colégio, dois dias para fazer a mesma coisa que passei as últimas semanas fazendo: dizer que tinha muita matéria para estudar, mas não estudar coisa nenhuma.

Agora eu só lia quadrinhos, um atrás do outro, por horas seguidas, dia após dia. Meu grande desejo era virar um super-herói, conseguir algum poder para acabar com MM.

Como todo super-herói tem seu vilão, meu destino seria lutar contra ele. O grande problema é que não sei brigar muito bem e ainda não encontrei um poder que me ajude a derrotar MM.

Nesse momento eu não sabia que faltava muito pouco para que meus inimigos sentissem medo. Isso aconteceria na semana seguinte.

Mas ainda era sexta-feira e eu teria todo o fim de semana para ser feliz. Desde que desligasse o celular, não entrasse nas redes sociais, não abrisse o e-mail, não falasse com ninguém e me isolasse do mundo.

* * *

Num pequeno apartamento afastado do centro da cidade, uma professora começa a corrigir as provas daquela manhã. Tem um compromisso no domingo e quer adiantar tudo que puder, a fim de levar as notas na segunda-feira.

Onze da noite de uma sexta e ela já corrigiu vinte provas e tomou mais de cinco xícaras de café. Ela se levanta da cadeira, dá uma volta pela casa, olha o celular e se senta de novo. Toma um gole de café e pega mais uma prova.

Logo de início percebe algo estranho, algo que não se encaixa. Reconhece a letra, mas não o conteúdo. Reconhece os traços, as formas tão características da letra S, a escrita muito apertada, embora legível... mas não reconhece nada do que o aluno escreveu, pois é muito pouca coisa, e isso não é normal.

Depois de corrigir a primeira questão, vira mais uma vez a folha para conferir o nome. "O que está acontecendo?", ela se pergunta.

Continua corrigindo, mas tudo piora.

E escreve a nota: quatro, em tinta vermelha.

Essa nota cai como um raio na cabeça da professora. Pior ainda, nas lembranças dela. Porque essa nota começa a despertar o dragão que, até ali, vivia adormecido nas suas costas. Ela percebe um calafrio atravessando o seu corpo, dos quadris ao pescoço. Estremece.

Tira os óculos e se levanta assustada: sabe que o dragão acorda pouquíssimas vezes, mas quando acorda demora muito a voltar a dormir, muito mesmo.

Ela vai ao banheiro, tira a blusa, tira também o sutiã e se vira de costas.

Ali está ele: os olhos arregalados, olhando para ela, cuspindo cicatrizes de fogo que começam a queimar sua nuca.

Fecha os olhos.

Silêncio.

Dá meia-volta e, seminua, retorna para a sala. Pega a prova.

– Será que devo? – pergunta ao dragão.

– Sim – responde ele.

– E se descobrirem?

– Não vão descobrir.

– Mas e se descobrirem?

– Se isso acontecer, assuma as consequências – responde o dragão.

Então ela faz.

E parece que o dragão se tranquiliza.

Ela volta ao banheiro e veste o pijama sabendo que, agora que despertou, o dragão vai tentar fazer a mesma coisa de sempre: assumir o controle.

E isso a deixa com medo.

* * *

O MENINO-VESPA

Aconteceu algo muito estranho na segunda-feira.

A professora levou as provas corrigidas e começou a falar as notas. Eu não queria saber a minha. Pela primeira vez, eu tiraria nota vermelha. Mas também pensei que isso poderia me ajudar. Tirando uma nota baixa, os monstros talvez me deixassem em paz.

A professora foi dizendo as notas e, quase no final, chegou na minha.

– Nove e meio – disse ela.

"Nove e meio?", impossível, pensei. Eu só tinha respondido a quatro ou cinco das dez perguntas. Não tinha como ter tirado nove e meio...

Passei a manhã inteira pensando naquilo. Alguma coisa tinha acontecido.

No fim do dia fui para casa só com Kiri, porque Zaro tinha futebol e iria embora com o pai.

Nas segundas eu e Kiri tínhamos tempo para conversar sozinhos. Se algum dia eu fosse chamá-la para sair, com certeza seria numa segunda.

Eu e Kiri sempre aproveitávamos esse momento para conversar sobre mil coisas, para rir, para nos tocar de algum jeito que não estragasse nossa amizade: nossas mãos ou nossos ombros se encostavam de leve. Às vezes nosso sorriso era mais demorado que o normal... mas agora quase não conversávamos, quase sempre voltávamos para casa em silêncio. Ela olhando para o celular, eu para o chão.

Naquela segunda chegamos à esquina do descampado e, sem levantar os olhos do telefone, ela me disse tchau e foi para casa. Aquilo me doeu muito. Eu não ligava para os chutes que tinham me dado, para os empurrões, para as cusparadas nas costas... Até aquele momento nada tinha doído tanto quanto nos despedirmos como dois desconhecidos.

E fiquei ali. Parado. Olhando Kiri se afastar, com a esperança de que, antes de entrar em casa, ela se virasse para mim.

Mas ela não virou.

* * *

E uma menina que finge ver algo no celular desligado se aproxima de casa sabendo que ele a observa. Nesse momento ela queria ter coragem suficiente para se virar e correr até ele.
E o abraçaria apertado... e o encheria de beijos...
E lhe diria tudo que seu coração sente...
Mas não sabe como fazer isso. Por alguns instantes, fica observando a fechadura da porta, suspira, enfia as chaves lentamente. Se ele soubesse quantas vezes ela o observava escondida...
Está a ponto de olhar para trás, sabe que só precisa disso, de um pequeno impulso, e que depois todo o corpo acompanharia seu coração: suas pernas começariam a andar, a correr... seus braços se abririam para segurar um corpo que, mesmo fora do mar, está naufragando.
Mas não se atreve. Seu pescoço não gira, seu coração se esconde, e a menina é tomada pela vergonha.
Abre a porta e entra em casa devagar, quase sem entrar, guardando no bolso todas as palavras que não disse. Ela nem imagina o que vai acontecer logo depois.

* * *

Depois de ficar ali, observando Kiri desaparecer na entrada de casa, me virei para atravessar a rua e foi então que vi os meninos. Lá estavam eles, dois numa esquina e MM na outra, esperando Kiri ir embora para não ter testemunha.

Olhei para os dois lados: fugir seria impossível, eles me pegariam aonde quer que eu fosse. Pensei no descampado que se abria atrás de mim. Era grande, muito grande. Ainda crianças, Kiri, Zaro e eu brincamos ali muitas vezes... até que colocaram uma cerca. Mas depois, com o passar dos anos, começaram a aparecer vários buracos nela, tanto na que estava atrás de mim quanto na outra, que dava para a rua oposta. Eu poderia entrar, correr pelo terreno baldio e sair do outro lado.

Pensei por um segundo: girei o corpo, procurei um dos vários buracos da cerca e entrei no descampado.

E corri o máximo que pude entre o ferro-velho abandonado e o mato que crescia sem controle. Corri até o outro lado do terreno, onde encontrei algo que eu não esperava.

No lugar da cerca tinham erguido um muro!

Não entrávamos ali tinha quanto tempo? Pelo menos dois anos. Tinham construído um muro!

Eu me escondi atrás do matagal junto ao muro, numa quina.

Sabia que tinha entrado na minha própria ratoeira. Se eles me encontrassem ali, ninguém saberia. Poderiam fazer o que quisessem, ninguém veria nada.

Minha única opção era permanecer imóvel e esperar que não me encontrassem.

Estiquei a cabeça e vi que estavam do lado de fora, bem diante do buraco por onde eu tinha entrado.

* * *

E entraram.

De onde estava, eu conseguia ver os garotos.

Enquanto estava escondido ali, não sei por quê, comecei a imaginar MM mais velho. Como ele seria? O que faria? Eu o imaginei batendo em mais gente: talvez na namorada, na esposa ou nos filhos, sempre que fizessem algo que ele não gostasse.

No futuro, talvez virasse uma dessas pessoas que aparecem no noticiário por terem matado a família inteira. Nesse momento pensei em Betty, sua namorada, e também em todas as meninas da nossa turma que morrem de amores por ele, só porque é bonito, alto e forte... mesmo sabendo quanto ele gosta de bater, empurrar e dar ordens.

Eu pensava em tudo isso quando um barulho me chamou atenção: eles se aproximavam de mim. Eu sabia que acabariam me encontrando, o terreno não era tão grande assim e talvez soubessem que nessa parte tinha um muro.

Comecei a procurar algo para me defender: uma pedra, um pedaço de pau, qualquer coisa, mas não encontrei nada, absolutamente nada... até que escutei um barulho que mudou tudo.

* * *

Um zumbido ao meu redor, e outro, e outro... Olhei bem para cima de mim e lá estava: um vespeiro. Minha imaginação, o medo e os quadrinhos foram os culpados pelo que aconteceu a partir daquele momento.

O buraco de onde entravam e saíam as vespas era suficientemente grande para que eu pudesse enfiar a mão, então tive uma ideia: se o Homem-Aranha conseguiu ter poderes depois de ser picado por uma aranha, talvez a mesma coisa acontecesse comigo se eu fosse picado por uma vespa. Talvez eu também pudesse ter poderes... e pudesse voar, me mover tão rápido quanto um inseto, injetar veneno nas pessoas... Também me imaginei com um ferrão gigantesco no traseiro, com uma força gigantesca para acabar com os monstros que vinham atrás de mim.

Eu nunca tinha sido picado por uma vespa, mas pensei que seria como ser picado por um mosquito, talvez um pouquinho mais doloroso, só isso.

Sabia que me encontrariam rápido, eu precisava agir... e, sem pensar duas vezes, enfiei a mão no vespeiro.

* * *

Assim que o menino enfia a mão vem a primeira picada, como uma agulha em chamas. E logo vem a segunda, a terceira, até que ele perde a conta.

Tira a mão do vespeiro o mais rápido possível, mas os insetos saem e começam a rodear sua mão, seu braço, sua cabeça...

Ele sente apenas dor, uma dor que se espalha por todo o corpo, só que mais intensa na mão direita, sobre a qual já não tem controle.

Corre de um lado para outro, gritando, sem saber o que fazer para acabar com aquele tormento.

E todos esses gritos atraem a atenção dos monstros, que estão parados observando o espetáculo. Não intervêm, não fazem nada, só ficam olhando.

Um espetáculo que logo parte para cima deles, porque o menino que não sabe mais o que fazer para aplacar a dor abre os olhos e os vê, bem na sua frente. E nesse momento, por pura raiva, sai correndo na direção deles com a intenção de socá-los o mais forte que puder com a mão direita, para ver se, assim, consegue aliviar sua dor.

E eles saem correndo dali, atravessando o mesmo buraco por onde entraram. O menino-vespa os segue, se agacha, atravessa a cerca e cai na calçada. Não se levanta, mas antes de desmaiar ainda tem tempo de ver uma coisa, algo que entrará para a sua lista, que esconde num local secreto.

* * *

Fiquei um dia no hospital, em observação, enquanto meu corpo desinchava. Era uma sensação estranha, minha pele parecia um papelão, os dedos da mão pareciam cheios de cola. O ataque foi tão forte que o médico disse à minha mãe que escapei por pouco. Praticamente todo o meu corpo estava inchado.

Quando me olhei no espelho pela primeira vez notei que eu tinha me transformado numa espécie de Hulk.

Os médicos me explicaram que não tinham sido tantas picadas assim. Só encontraram cinco, o problema é que sou alérgico a vespas e por isso fiquei daquele jeito.

Bem, isso foi o que o médico disse, mas sei que não virei uma espécie de supermenino por causa da alergia. De alguma forma, aquele veneno modificou meu DNA e, a partir daquele momento, meu corpo começaria a sofrer mutações, a ter superpoderes... e foi isso o que aconteceu, mas eles demoraram muito a aparecer.

Quando meus pais me perguntaram o que tinha acontecido, inventei uma história em que nem eu mesmo acreditava. Tinha ido pegar alguma coisa no descampado, enfiei a mão onde não devia e...

Tenho mentido muito para meus pais ultimamente.

Eu passaria alguns dias sem ver os monstros, o que me deixou feliz. O que não suspeitava é que os monstros viriam me visitar, que entrariam na minha casa, no meu quarto, na minha cama.

* * *

O que o menino-vespa não sabia naquele momento era que, enquanto corria de um lado para outro, gritando de dor, um dos monstros o gravava com o celular.

O que o menino-vespa não sabia naquele momento era que, enquanto era levado ao hospital numa ambulância, esse vídeo já se espalhava como um vírus de um celular a outro: WhatsApp, Facebook, Instagram, YouTube...

Milhares de pessoas viam um menino coberto de vespas correndo de um lado para outro, tentando se livrar delas. Um vídeo que não pôde ser censurado, pois ninguém tinha feito nada de errado, ninguém cometera nenhum delito, a única coisa que se vê é o sofrimento cômico do garoto.

Um vídeo que divertiu não apenas os colegas do futuro menino invisível, mas também muitos pais que o assistiam com os filhos e não conseguiram esconder uma risada ao ver aquele menino correndo descontrolado...

O curioso é que ninguém se perguntou – nem as crianças nem os adultos – por que, durante todo o minuto que durava o vídeo, ninguém fora ajudar o menino. Ninguém achou estranho que ao menos uma pessoa poderia ter ajudado, a mesma que segurava a câmera... É curioso e triste que existam tantos monstros à nossa volta, os que fazem e os que olham, os que riem e os que gravam vídeos como aquele.

Um vídeo que, segundo a segundo, percorre toda uma rede de celulares até chegar a um muito especial.

* * *

Um celular que treme na mão cheia de pulseiras de uma pessoa que não ri, muito pelo contrário. Que chora de raiva, de impotência, que submerge nesse tipo de dor que irradia dentro de nós quando maltratam quem amamos.

Ela sabe o que houve, sabe onde o vídeo foi gravado, sabe quando aconteceu, sabe tudo...

Por que não olhou para trás?

Por que não voltou para ele?

Surgem tantos por quês após algo que já aconteceu. Como dói fazer perguntas quando as respostas chegam tarde.

Ela não sabe o que fazer para ajudá-lo, não sabe o que fazer para revelar o que realmente sente... Passa a tarde inteira pensando nisso, até que tem uma ideia.

* * *

Volta às aulas

Depois de quase uma semana em casa, chegou o dia de voltar para a escola. Tentei adiar esse momento o máximo que pude e menti de novo: me queixei de uma dor que não sentia, fingi tontura ao me levantar da cama... mas aquilo acabou abrindo espaço para me fazerem perguntas incômodas, e acabei voltando às aulas.

Mas voltei de surpresa, sem avisar Zaro e Kiri, e fui sozinho para o colégio. Nesse primeiro dia saí mais cedo de casa e passei por ruas diferentes, evitando o parque e o descampado. Quando estava a uns cinquenta metros do colégio, fiquei escondido na entrada de uma garagem. Dali eu podia ver todo mundo sem ser visto.

Escutei o sinal da escola e esperei todos entrarem. Quando já não restava quase ninguém, corri e entrei pouco antes de fecharem os portões. Acho que nunca corri tão rápido na vida, sem dúvida graças às picadas de vespa.

Lá dentro, passei bem rápido pelo corredor e fiquei parado numa quina, entre dois armários, esperando o professor entrar na sala. Assim que ele entrou, corri de novo e, pouco antes que ele fechasse a porta, também entrei.

Quando perceberam que entramos quase juntos, todos da turma ficaram em silêncio, como se tivessem visto um fantasma.

Eu me sentei e olhei para Kiri. Ela sorriu para mim.

Naquele primeiro dia, não aconteceu nada especial: não jogaram nada nas minhas costas, não pegaram meu sanduíche, ninguém me empurrou... Sempre que acontecia algo importante, por três ou quatro dias me deixavam em paz.

* * *

Um menino com nove dedos e meio se assusta ao ver o professor entrar com o menino-vespa. Por um instante pensa o pior: que o menino contou tudo, que virão atrás dele. Mas não, nada parece ter acontecido. Fica aliviado ao ver o vespa se sentando em seu lugar e o professor começando a aula.

Mesmo assim resolve ficar na sua, pois o menino pode ter contado aos pais, a algum professor ou à diretora... e ele não sabe se perguntaram alguma coisa no hospital, se o vídeo chegou aos olhos de quem não deveria...

Essa é sua tática: atacar, esperar para ver as consequências e, se elas não aparecerem, continuar atacando com ainda mais força. E fará isso até quando? Nem ele sabe.

Aliás, nem sempre sabe por que faz isso: se para ser visto, para manter a fama de fortão, para compensar o desgosto de repetir de ano, para esconder a inveja que sente do menino-vespa...

Às vezes, na solidão do quarto, ele se imagina tirando as melhores notas, fazendo uma descoberta importante, inventando algo que o deixaria famoso... E quanto mais alto voa sua imaginação, mais doloroso é cair na real, deitar-se na cama sabendo que é dois anos mais velho que todos os seus colegas.

E nesse momento, nesse ponto, vários sentimentos lotam

um cérebro que não consegue controlar nada: a ira, o ódio, a inveja, a raiva...

É nesse furacão de sensações que ele faz as perguntas que preferiria não fazer nunca: por que não recebe beijos em casa? Por que sua mãe faz tudo que ele pede sem nunca reclamar? Por que ninguém pergunta como ele se sente tendo nove dedos e meio? Por que seus pais são incapazes de olhar para a cicatriz em seu peito, bem acima do coração? Sobretudo, por que seu pai nunca conversa com ele sobre o que aconteceu alguns anos atrás?

Isso é o que mais dói, o que mais machuca um corpo que, por dentro, continua sendo de uma criança. Algumas vezes ele odeia o pai pelo que aconteceu. Outras vezes não, só odeia o que aconteceu depois. Por que o pai se distanciou tanto dele? Por que nunca se sentam para conversar? Por que não o leva para viajar, nem vão ao cinema, a um show ou saem juntos para comer... os dois sozinhos, para conversar, para extravasar o que guardam dentro de si...?

O que nosso menino de nove dedos e meio não sabe é que o pai não trabalha tantas horas por dia só para ganhar dinheiro, mas também para não ter que enfrentar a realidade. Se nunca conversa com o filho, se não vão juntos a lugar nenhum é porque também não sabe como enfrentar o que aconteceu. A única saída que enxergou foi trabalhar o máximo possível a fim de levar para casa bastante dinheiro, de modo que seu filho tenha todas as coisas que desejar... exceto aquelas que não se podem comprar com dinheiro, claro: os momentos em família.

O problema é que é justamente a falta desses momentos que fazem o menino socar a cama, o travesseiro e tudo que encontra pela frente... às vezes, até ele mesmo.

* * *

Mais um dia se passou sem que fizessem nada comigo, e depois outro... mas, no terceiro dia, tudo recomeçou. Um pé esticado assim que entrei na sala de aula me derrubou no chão. Alguns riram e outros se calaram, e as duas coisas me magoavam do mesmo jeito. Outro dia, um empurrão no corredor, um soco na volta do recreio, a mochila esvaziada e minhas coisas espalhadas para todo lado...

Minha esperança era que o veneno daquelas vespas fizesse efeito e me desse algum poder para vencer meus inimigos. Superforça, supervelocidade, supervisão, superaudição, superqualquer coisa... mas, até então, nada mais acontecia a não ser o fato de MM e seus amigos estarem cada vez mais violentos comigo.

Por exemplo, no início só jogavam tocos de giz, borrachas ou papéis nas minhas costas, mas pouco a pouco passaram a jogar coisas maiores. O objetivo era me fazer gritar. Eu tentava evitar, aguentar a dor ao máximo, mas às vezes era impossível. Um dia jogaram um apontador de metal com tanta força que pareciam ter cravado uma navalha na minha carne, da outra vez jogaram uma pedra que me deixou com uma ferida que levou dias para cicatrizar. Nenhum professor jamais tinha percebido... até uma aula de inglês.

Tínhamos acabado de entrar quando senti uma bolinha de papel acertar minhas costas.

Ouvi risadas de todos os outros monstros, e silêncios.

Depois outra bolinha. E mais risadas, e também silêncios.

Depois algo mais duro, um pedaço de giz, quase na altura do pescoço, o que doeu um pouco mais.

E risadas. E vários outros pedaços de giz.

E poucos minutos depois...

– Aaai! – gritei, e gritei muito.

Tinham jogado alguma coisa com tanta força que pensei que fosse um dardo porque me machucou tanto que parecia estar cravado na minha pele.

– O que está acontecendo aí? – perguntou o professor.

Mas ninguém disse nada. Silêncio.

E ele continuou escrevendo no quadro.

Ao meu lado, no chão, vi uma caneta metálica. Imaginei que tinha sido isso que me atingiu.

E acho que foi aí que senti pela primeira vez o veneno das vespas, pois aconteceu algo que não pude controlar.

Eu me agachei devagar, peguei a caneta, dei meia-volta e a lancei com toda a força contra MM.

Algo tinha mudado em mim porque enfrentei meu rival. E essa atitude não era minha, mas, sim, das vespas.

O problema foi que MM conseguiu desviar e a caneta foi parar numa menina sentada atrás dele – Betty, sua namorada.

– Ai, ai, ai! – começou a gritar, exagerada.

O professor parou a aula e se aproximou de nós.

Betty não demorou em dizer que eu tinha jogado a caneta nela.

Na verdade, a caneta pegou de leve no seu ombro, e minha intenção sempre foi acertar outra pessoa.

O professor fez o que sempre fazia.

– Agora chega – disse, voltando a escrever no quadro.

Com raiva, voltei a sentar na minha cadeira, cerrei os punhos e tentei me acalmar. Eu sabia que estava ficando vermelho de novo.

– Tomate, tomate! – escutei dizerem no fundo da sala, e ouvi risadas de todos os monstros.

– Supertomate! – repetiam, e mais risadas.

A aula continuou, mas logo depois Kiri levantou a mão.

– O que foi, Kiri? – perguntou o professor.

– Está sangrando.

– O quê? Quem está sangrando? – perguntou o professor, agitado, aproximando-se de Kiri.

– Ele.

E esse *ele* era eu.

* * *

O professor pediu que eu fosse à enfermaria, mas não fui, não queria que ninguém visse minhas costas. No hospital, após as vespas me atacarem, estiveram a ponto de descobrir tudo. Minha sorte foi que eu estava com o corpo todo inchado e eles se concentraram em cuidar da minha mão e do meu braço.

Por isso, quando saí da sala, fui ao banheiro e tentei me virar sozinho.

Abri a porta, entrei, tirei a camiseta, girei o corpo e fiz algo que estava tentando evitar havia muitos dias: olhei minhas costas no espelho.

Comecei a chorar.

* * *

Um menino de nove dedos e meio fica mudo quando o menino-vespa é mandado à enfermaria. Não sabe o que irão perguntar nem o que ele vai dizer. Está assustado, como sempre fica quando pensa que podem dedurá-lo.

Só quer uma desculpa para atacá-lo ainda mais, embora no fundo saiba que não tem nada contra ele, que o menino-vespa não fez nada, mas precisa da fraqueza do outro para demonstrar sua força, assim como o fogo precisa continuar queimando bosques para não desaparecer.

Também precisa ver que os outros riem das suas atitudes e até encorajam. Precisa saber que tem o apoio da turma e que é o centro das atenções.

Sabe que, de alguma forma, está protegido no colégio. Os professores não dizem nada, a diretora nunca o chamou na sala dela e, nos horários de entrada e saída, nenhum responsável percebe nada, cada um preocupado apenas com o próprio filho.

Mas deixará passar alguns dias até atacar de novo, pois é impossível saber se aquele idiota disse alguma coisa.

No entanto, mais cedo ou mais tarde, ele terá que se vingar. Aquele menino se atreveu a lançar uma caneta na direção dele, na frente de todo mundo, e isso ele não pode permitir. E ainda por cima atingiu Betty, o que também o incomoda, porque só ele pode agredir a namorada.

Agora só precisa encontrar um momento sem testemunhas para dar ao menino o que ele merece. Vai ficar atento a cada passo até pegá-lo sozinho.

* * *

O espelho é a única testemunha do que está acontecendo, o único que não mente, que não dissimula, que mostra a realidade, ainda que doa: uma constelação de pequenos pontos pretos sobre um dorso que parece um céu branco. Pontos que agora brilham, mas que se formaram há muito tempo. Alguns deles, com o passar dos dias, vão desaparecer, mas outros deixarão pequenas marcas para sempre, e não apenas no corpo.

E agora, olhando as estrelas no cosmo das suas costas, ele descobre um planeta novo, vermelho-sangue, que se destaca na imensidão da impotência.

Ainda não sabe o que fará quando chegar o verão, quando todas essas marcas ficarem visíveis, quando alguém perguntar por que tantos buracos negros surgiram numa constelação tão jovem...

* * *

No fim da aula voltei para casa com Kiri e Zaro.

Nos dois primeiros minutos reinou o silêncio, mas logo Kiri perguntou:

– Por que você não diz nada? Por que não disse nada hoje?

– Deixa pra lá – respondi.

– Não quero deixar pra lá! – gritou Kiri. – Por que você é assim?

– Assim como?

– Assim tão...

Percebi que ela não se atreveria a dizer a palavra, então completei:

– Tão covarde?

– Isso! – gritou.

– Me deixe em paz! – gritei de volta. – Vocês dois, me deixem em paz! Vão à merda!

E extravasei toda a violência que não conseguia com MM. Me separei deles e fui para casa seguindo outro caminho.

Aquilo me doeu, me doeu muito mais do que a ferida nas costas, do que os golpes que me davam nos corredores, do que os pés esticados na sala de aula, do que as cusparadas que lançavam nas minhas costas... E doeu muito saber que Kiri pensava aquilo de mim... mesmo sendo verdade.

Cheguei em casa e aproveitei que meus pais ainda não tinham chegado para cuidar sozinho das minhas feridas. Procurei gaze e álcool para desinfetar o machucado. Escondi minha camiseta no meio da roupa suja para que ninguém suspeitasse de nada e fui ver que horas eram. Ainda era cedo.

Saí de casa em direção ao meu lugar preferido, o único onde ninguém me chateava. Precisava me livrar da tristeza que carregava por tanto tempo.

Quando cheguei, olhei o relógio: faltavam quinze minutos. Peguei o giz que estava escondido e comecei a escrever nomes na lista, esperando o tempo passar.

Pouco depois dei alguns passos, fiquei no lugar de sempre e me preparei. 10, 9, 8, 7... E comecei a gritar, a gritar, a gritar o máximo que pude. Quando acabei, me senti muito bem, esvaziado de todo o ódio, o rancor e a raiva.

Naquele dia voltei tarde para casa e disse aos meus pais que tinha ficado na biblioteca lendo alguns livros. O que não contei foi o que acontecera nas minhas costas.

Também não falei nada quando minha irmã subiu nos meus ombros. Nem disse nada quando jantamos, nem quando me perguntaram como tinha sido meu dia.

Naquela noite, quando Luna se aconchegou na minha cama e pediu que eu contasse uma historinha, falei sobre "O menino com o universo nas costas".

* * *

No dia seguinte, quando acordei, havia dez mensagens novas no celular, e as dez eram iguais:
  Você tentou me atingir com a caneta e, ainda por cima, machucou minha namorada. Isso vai te custar caro.
  MM cumpriu sua promessa, como sempre. Não no dia seguinte, nem no outro, mas eu sabia que o momento chegaria. Só esperava que meus poderes aparecessem antes da vingança dele.
  Mas não, a vingança chegou antes.
  O pior de tudo é que foi culpa minha, pois cometi um erro: fui ao banheiro sozinho.
  Desde que comecei a ir ao colégio com medo, desde que começaram a me insultar, a me bater, a jogar minha mochila no chão, a cuspir em mim, resolvi seguir uma série de regras para que não me machucassem mais que o necessário.
  Uma delas era tentar ser menos inteligente, tirando notas mais baixas, não levantando a mão quando um professor perguntasse algo que eu soubesse; outra era não levar nada de valor para o colégio; e a mais importante de todas: não ir sozinho a lugar algum, muito menos ao banheiro. Para cumprir esta última regra, era muito importante fazer xixi pouco antes de sair de casa e não beber nada, absolutamente nada, o dia inteiro, mesmo morrendo

de sede, mesmo com a língua colada no céu da boca de tão seca. O mais importante era nunca ir sozinho ao banheiro.

Ainda assim, certas vezes eu não conseguia controlar meu corpo. Nesse caso, eu esperava alguém entrar no banheiro e entrava junto.

Mas fazia calor naquele dia, muito mais que o normal, por isso eu tinha bebido água. Também estava mais tranquilo porque fazia tempo que MM não fazia nada comigo. Além disso, para piorar, eu tinha levado uma fruta para lanchar. Então foi um pesadelo completo. Esperei e esperei, até tocar o sinal do recreio, e vi MM voltar para a sala com os amigos dele. Aproveitei a oportunidade e corri para o banheiro, já quase mijando nas calças.

Abri a porta, entrei na cabine, baixei as calças o mais rápido possível e comecei a fazer xixi.

Estava quase acabando quando escutei a porta se abrir lá fora, depois silêncio. E alguns passos dentro do banheiro.

Naquele dia tive certeza de duas coisas: que monstros existem, e superpoderes também.

* * *

Comecei a tremer, subi as calças na mesma hora e fiquei quieto. Eu sabia que o tempo corria a meu favor. Quanto mais tempo ficasse ali, maior seria a probabilidade de o professor sentir nossa falta e mandar alguém vir nos buscar. Eu não pretendia sair.

Mas bateram na porta da cabine.

– Anda, sai! Sabemos que está aí!

Fiquei em silêncio.

– Vamos, tomate, sai! Temos que resolver a história da caneta. Sai logo!

Eu continuava tremendo e não saí, não queria sair.

– Parece que você adora ficar no vaso, mas vai ter que sair, por bem ou por mal.

Silêncio.

Não falaram mais nada, eu só escutava sussurros, depois um baque seco contra a porta, que tremeu, um som que também me fez tremer. Aquilo era sério: o chute foi tão forte que tirou o trinco do lugar.

Lá de dentro eu sabia que aquela porta não aguentaria outros dois ou três golpes. Depois veio outro chute, e outro, e outro ainda mais forte, tanto que o trinco voou longe e a porta se abriu para dentro, acertando minhas pernas.

— Já acabou? — perguntou MM, olhando o vaso. — Sim, você já acabou, mas olha, não deu descarga, e isso é inadmissível. Vou ter que te dar uma lição.

Prefiro não contar o que aconteceu depois. Só vou dizer que ali descobri um dos superpoderes que as vespas tinham me dado.

* * *

Enquanto três meninos atacam outro no banheiro, a aula começa com quatro cadeiras vazias.
– Cadê os que faltam? – pergunta o professor.
Ninguém responde, mas todos imaginam o que pode estar acontecendo.
– Bem, faltam quatro alunos e ninguém sabe de nada... Está certo, vamos começar.
Zaro está a ponto de pedir licença para ir ao banheiro. Mas logo pensa no que faria se, chegando lá, encontrasse MM batendo no amigo. Nada, isso é o que ele faria, pois também tem medo, muito medo de que tudo que está acontecendo com seu amigo possa acontecer com ele depois. Entre a amizade e o medo, nesta situação ganha o medo.
O professor ignora as quatro ausências e continua sua explicação. Na matéria dele, História, nada mudou muito, então usa as mesmas anotações de quando começou a dar aulas, vinte anos atrás. Ele as pega, lê e escreve alguma coisa no quadro.
Volta a pensar nos alunos que faltam. Ele os conhece, sabe que três são amigos, mas o outro... Continua escrevendo, falta muito pouco para a sua aposentadoria e não é hora de se envolver em problemas.

Os minutos vão passando até que, de repente, batem à porta e três alunos entram.

– Onde vocês estavam? – pergunta o professor.
– No banheiro – respondem.
– Todos juntos?
– Sim, claro.
– E o outro? Ainda falta um.
– Acho que está entupindo o vaso – diz MM, sem esconder a risada. – Talvez algo tenha caído mal.

Quando o professor se vira para escrever no quadro, MM olha o restante da turma e vê que alguns retribuem seu sorriso. Esse é o verdadeiro combustível da vida dele, a única coisa que o anima dia após dia.

* * *

E talvez tudo que acontece naquela sala de aula não seja muito diferente do que acontece no restante do mundo. Porque ali, assim como fora do colégio, entre todos os colegas do menino-vespa, existem tanto monstros quanto vítimas.

Há, por exemplo, um menino loiro, sentado na terceira fileira, que prefere rir e ser monstro a protestar e virar vítima. O mesmo acontece com outro, que não ri, mas faz o possível para não se envolver. E assim, um a um, todos têm seus motivos para ser monstro, e o principal é não querer se transformar em vítima.

Todos sabem a diferença entre o bem e o mal, entre brincadeira e ofensa, entre diversão e abuso... mas ninguém sabe como enfrentar a injustiça sem prejudicar a si mesmo.

E é assim, nesse ambiente de medo, que pessoas como MM se fortalecem. É assim que ele se sente à vontade para exercer todo o seu poder. Ele sabe que, enquanto existirem outros monstros, tudo continuará funcionando. O verdadeiro problema surgirá no dia em que ninguém quiser acompanhá-lo, mas isso não vai acontecer.

Enquanto isso, uma menina com cem pulseiras está a ponto de pedir licença para ir ao banheiro. Seu coração quer levantar a mão, mas sua mente não deixa, numa luta interior entre razão e sentimento.

Está numa idade em que a opinião dos outros é muito importante, em que tudo é exagerado, em que cada detalhe bobo passa pelo julgamento coletivo. Esse é um dos motivos pelos quais nunca teve coragem de se declarar para o menino-tomate.

Mas a cada dia, em cada aula, sempre que ele não está vendo, ela o observa, assim à distância, suspirando a cada movimento, sofrendo com ele a cada ataque, sentindo vergonha como se a vítima fosse ela própria. E mesmo estando ao lado dele, tão perto, sente muito sua falta.

"Que idiotice me preocupar tanto com o que os outros vão falar", pensa, enquanto termina de desenhar uma pistola mirando duas iniciais: "MM". É assim que aos poucos ela extravasa o próprio ódio.

De repente, enquanto sua mão está ocupada desenhando uma bala que viaja diretamente ao primeiro M, seu corpo se levanta. Não foi um impulso da sua mente, disso ela tem certeza. Foi seu coração que, num descuido da mente, agiu por conta própria.

E ali está ela, no meio da sala, como uma ovelha desgarrada do rebanho, como uma sereia à vista na maré baixa... Visível, mais visível que nunca.

– O que foi, Kiri? – pergunta o professor.
– Posso ir ao banheiro?
– Agora?
– É, agora. Coisa de menina... – responde, arrancando risinhos dos colegas.
– Está bem, rápido.
E Kiri sai da sala.

* * *

Naquele dia, enquanto lavava o rosto e tentava secar meu cabelo com o secador de mãos do banheiro da escola, descobri um dos meus grandes poderes: respirar embaixo d'água. Eu sabia que era um dos efeitos das picadas de vespa. Eu nunca aguentaria tanto tempo se não tivesse um superpoder. Eu sabia que aquilo tinha me transformado num ser mais forte, que eu não era mais o mesmo, que algo tinha mudado dentro de mim.

Fiquei mais de meia hora secando o cabelo e a camiseta, mas não consegui tirar todo aquele cheiro de xixi.

Enquanto segurava a roupa embaixo do secador, percebi que ninguém tinha vindo atrás de mim, nem mesmo o professor.

Nesse momento, se tivesse mais um superpoder, quem sabe um raio de fogo, eu dispararia contra MM e contra os que riam de suas gracinhas, contra os meus colegas, contra os professores, contra todos os monstros que olhavam e não faziam nada.

E ali estava eu, tentando secar toda a vergonha que me cobria, quando ela entrou.

* * *

Dentro desse banheiro, o amor tropeça na vergonha; a vontade de abraçar, na de sair correndo; a tristeza de quem olha, na humilhação do protagonista.

Isso porque certos momentos da vida são capazes de fazer tudo parar de repente. São instantes que, muito tempo depois, vão continuar bem ali, na esquina das lembranças.

E agora prefiro deixar o resto da página em branco, pois me sinto incapaz de encontrar palavras para definir o que ambos sentiram no instante em que seus olhares se encontraram.

Nessa mesma manhã, enquanto um menino foge do banheiro para se esconder em algum lugar do colégio, uma professora vai à diretoria.
– Posso entrar? – pergunta, abrindo a porta lentamente.
– Claro, entre – responde a diretora.
– Sabe... eu queria comentar sobre um assunto delicado...
– Pode falar.
– Acho que um aluno pode estar sofrendo bullying.

A diretora solta a caneta que tinha na mão, recosta-se na cadeira e fica olhando a professora, com o semblante confuso.
– Aqui? Não, acho que não.
– Sim, aqui... – responde, tímida. – Andei observando o comportamento de um aluno e tem algo estranho acontecendo. Acho que outros três estão transformando a vida dele num inferno.
– E desde quando isso vem acontecendo?
– Não sei, talvez algumas semanas, talvez mais.
– Mas você tem provas? – pergunta a diretora, remexendo-se nervosa na cadeira.
– Na verdade, tenho muitas. Há algum tempo que mexem com ele no pátio, roubam seu lanche, pegam suas coisas na sala... e seu rendimento escolar caiu muito.

— Bem — a diretora respira aliviada —, não parece ser nada grave, não precisa se preocupar tanto com isso. Deve ser coisa de criança.

E foram justamente essas três palavras, "coisa de criança", que fizeram o dragão se mexer. Um dragão incapaz de esquecer o que acontecera há muitos anos nas costas da pessoa que ele habita. Naquela ocasião, também era "coisa de criança", até que tudo saiu do controle.

— Não, não é coisa de criança — responde a professora, tentando aguentar a dor provocada pelo movimento do dragão.

— Claro que é. Enfim, não se preocupe, eu cuido disso.

— Mas... é só isso?

— O que você quer mais? Eu já disse que vou cuidar disso, embora tenha certeza de que não é nada de mais. As crianças sempre brigam e depois se resolvem sozinhas.

Uma dor percorre as costas da professora: é o dragão querendo sair, voar e engolir a cabeça da diretora.

"Respira fundo, se controla, se controla", diz a si mesma... Sabe que nesse momento não tem mais provas, que não pode fazer mais nada diante de uma diretora omissa que só se importa com o prestígio do colégio. Um escândalo desses levaria alguns pais a fazer questionamentos, e dinheiro é dinheiro. Melhor deixar certas coisas escondidas.

Professora e dragão saem da diretoria em direção ao banheiro. Ela com as costas completamente rígidas, ele inquieto, sem parar de se mexer.

— O que você vai fazer? — pergunta o dragão.

— Alguma coisa. Ainda não sei o quê, mas vou fazer...

— Assim espero.

— Sim...

E ela se lembra de tudo que aconteceu há muitos anos, no seu colégio, quando uma "brincadeira" acabou mal, muito mal. Uma "coisa de criança" que continua ali, desenhada em suas costas.

* * *

Depois de ver Kiri ali, me olhando com aqueles olhos que tremiam tanto quanto eu, fugi correndo pelo corredor. Procurei um lugar onde me esconder. Não queria voltar para a sala. Esperaria até o último tempo e depois, quando todos tivessem ido para casa, entraria para pegar minha mochila e iria embora daquele lugar maldito.

Tocou o sinal e, do meu esconderijo, vi todo mundo saindo, rindo, brincando, fazendo piada... todo mundo menos eu.

Esperei o prédio ficar vazio e entrei na sala, onde só restava minha mochila, com uma alça rasgada, no chão, aberta. Com certeza tinham enfiado algo nela mais uma vez. Eu fechei, peguei a mochila com uma das mãos e saí lentamente. Não tinha mais ninguém por ali.

Caminhando pelo corredor comecei a observar tudo que tinha nas paredes: murais cheios de símbolos de paz, de harmonia, de amor. Pôsteres pedindo solidariedade entre as pessoas, colaboração para construir um mundo melhor... Encontrei até uma árvore de desejos onde cada aluno tinha pendurado um pedido no início do ano: fim das guerras, fim da violência, igualdade entre todos os seres humanos...

Naquele dia, quando cheguei em casa, tomei um banho, esvaziei a mochila na cama e, sim, tinha algo para mim ali dentro.

Peguei as chaves e fui para o meu canto preferido, para o lugar onde ninguém jamais me perturbava.

Lá, incluí várias linhas na minha lista. Aproveitei para colar diversos papéis no muro, e para isso usei uma cola especial, dessas para paredes, que não desgrudam.

Naquele dia tive muita vontade de gritar, muito mais do que nos outros dias.

Olhei o relógio: dois minutos!

Me posicionei no lugar certo e esperei o momento exato.

Gritei, gritei e gritei até meu corpo não conseguir mais gritar.

Depois do episódio do banheiro, se passaram dois ou três dias sem que nada acontecesse, como sempre. Após cada ataque vinha uma calmaria que durava um tempo, o suficiente para que MM se certificasse de que não haveria consequências.

E, mais uma vez, foi assim.

Na semana seguinte, o medo deles já tinha passado. Perceberam que eu não tinha contado para ninguém sobre a ferida nas costas nem sobre o vaso sanitário, e recomeçaram os empurrões, os insultos, os pés esticados para que eu tropeçasse... e cada vez eu me importava menos, e por isso os golpes vinham cada vez mais fortes.

* * *

Há várias semanas a vida de um menino já não é mais a mesma: ele nem se lembra da última vez que se levantou da cama sem medo, que andou pela rua sem ficar olhando para todos os lados, que parou tranquilamente para conversar com um colega...

Agora, quando toca o sinal da saída, ele pega a mochila e tenta ir embora o mais rápido possível. Atravessa o pátio correndo sem que ninguém note nada estranho no seu comportamento: nem os professores, nem a diretora, nem os colegas, nem os familiares dos alunos nos quais tropeça quando a porta do colégio se abre.

E todos os dias ele corre, corre, corre... na esperança de chegar em casa o quanto antes, fechar a porta e deixar os medos do lado de fora por algumas horas.

Mas não tem tanta pressa ao acordar de manhã. Sempre procura alguma desculpa para não ter que ir ao colégio, mas nada funciona. Ele sabe que isso não resolveria nada. No dia seguinte chamariam seus pais e ele teria que responder a muitas perguntas.

Esse menino procura também, entre seus quadrinhos, algum poder que lhe sirva para congelar o tempo, para que não amanheça ou para que o domingo nunca termine.

E todos os dias ele sabe que, chegando ao colégio, começarão os insultos, os empurrões, as risadas... Atos que quase sempre acontecem com gente testemunhando.

Sabe também que, assim que se sentar na sala de aula, vão atirar objetos nas suas costas. Há muito tempo ele já nem tenta mais se esquivar, pois tem as costas tão calejadas que não sente quase nada. E imagina que, como as Tartarugas Ninja, ganhou uma carapaça que repele qualquer golpe.

Perdido em seus pensamentos durante a aula, muitas vezes se pega pensando nos super-heróis que aparecem nas aventuras dos seus quadrinhos. E percebe que, quando um deles está a ponto de morrer, sempre surge alguém para ajudar: o Quarteto Fantástico forma uma equipe, os X-Men ajudam uns aos outros, existe uma Liga da Justiça a quem chamar quando um dos seus integrantes corre perigo, o Batman tem o Robin.

Mas e ele, quem ele tem?

O que o futuro menino invisível ainda não sabe é que seu Robin vai aparecer no dia seguinte.

* * *

Só faltava uma aula naquele dia – mais 45 minutos e eu poderia ir para casa.

A professora de literatura entrou. Como sempre, pediu que abríssemos o livro que estávamos estudando. Enquanto ela escrevia umas frases no quadro, o primeiro pedaço de giz acertou o topo das minhas costas, quase na nuca, e caiu no chão.

A professora olhou para trás e acho que viu o toco de giz rodando no piso. Ficou olhando para ele, se virou para o quadro de novo e continuou escrevendo.

E lançaram outro pedaço de giz. Desse eu me esquivei, e acabou batendo no encosto da cadeira à minha frente. A professora se virou de novo e olhou para o chão. Foi muito estranho, porque ela ficou muito tempo assim, parada, sem falar nada, sem fazer nada.

E mais uma vez virou para o quadro e voltou a escrever.

A aula continuou sem que nada acontecesse por um tempo até que MM arremessou mais três pedaços de giz em mim: um me acertou no meio das costas, outro perto do braço, e do último consegui me desviar. Pouco depois escutei que ele se preparava para cuspir em mim. Fiquei nervoso, não sabia o que fazer para não ser atingido e não sabia quando ele cuspiria. Demorou um pouco, acho que estava segurando na boca até encontrar o momento certo.

E o cuspe veio, acertando minhas costas, perto do ombro, sem que eu tivesse tempo de reagir.

Então a professora parou de escrever, curvou o corpo e levou as mãos à nuca, como se, de repente, estivesse morrendo de dor.

E ali, na frente de todos, aconteceu algo que ninguém tinha visto antes no colégio.

* * *

Hoje, desde o início das aulas, o dragão se manteve acordado, observando tudo que acontecia atrás da professora. Ele viu o primeiro giz, o segundo... e os outros. Mas, no exato momento em que a saliva tocou o menino-vespa, ele se moveu.

E isso dói nas costas de uma professora que está há muitos dias, desde que alterou a nota da prova, atenta ao que acontece nos corredores, no recreio, na sala de aula...

Até agora, em cada uma dessas ocasiões, ela conseguiu manter o dragão sob controle e foi capaz de acalmá-lo. A sua parte lógica estava ganhando, e foi isso que a fez comentar a situação com seus colegas.

A questão é que ninguém fez nada: a diretora prefere deixar o tempo passar e ver se o problema desaparece sozinho; o professor de inglês alega não ter visto nada; o de história vai se aposentar em breve e não quer se envolver em confusão... No fim das contas, para todos eles, o mais importante é manter a boa fama do colégio.

Além disso, ela não tem muitas provas: uma nota baixa que, no final, não foi baixa, empurrões que ninguém percebeu, insultos que ninguém escutou, objetos atirados que ninguém na sala viu.

Por isso, como a parte lógica e pacífica está perdendo, é cada vez mais difícil controlar um dragão que ultimamente anda muito inquieto.

E é nesse momento, imaginando como um menino que acaba de receber uma cusparada nas costas deve estar se sentindo, que ela finalmente se rende e deixa o animal agir.

Por isso estica as costas, solta o giz que usava para escrever no quadro e desce do tablado, atravessando uma sala submergida no silêncio, em direção ao menino-vespa.

Olha as costas dele: uma camiseta preta com vários pontos brancos, um para cada impacto de giz. Num dos lados, uma mancha amarela, ainda espumando, sinal da humilhação de um ser humano a outro, sinal que faz o dragão tomar as rédeas de vez.

É o dragão quem pega MM pelo pescoço com as mãos e o ergue no ar. E assim, quase voando, leva o menino para fora da sala. Fecha a porta com um único e violento golpe.

***

E agora, na solidão de um corredor sem testemunhas, vai acontecer uma batalha. Não entre a professora e MM, mas entre o dragão e ela mesma. Ambos sabem que seu futuro no colégio depende de quem sairá vencedor.

O dragão pede que prenda o menino contra a parede, que aperte seu pescoço até ele não poder mais respirar, que cuspa fogo na cara dele, que o arranhe até não restar mais pele no corpo... Ela sabe que poderia fazer isso, e é doloroso admitir que tem vontade... mas ainda assim tenta acalmar a vergonha que carrega tatuada nas costas.

– O que você vai fazer? – pergunta o dragão.

– Não sei, não sei! – grita a professora.

– Bem, então vou fazer outra pergunta – diz o dragão, que agora se move livremente, subindo e descendo pelas cicatrizes que decoram as costas que ele habita. – O que você *quer* fazer?

– Você sabe o que eu quero fazer – responde, segurando as lágrimas.

– Então faça, acabe com ele aqui mesmo.

– Não posso. Eu gostaria, mas não posso... – responde uma professora que se contorce de dor, que sente as costas queimarem como não sentia há anos.

– Estrangule esse menino! – esbraveja o dragão, com fúria.

– Não posso!

– Por quê?! Por que não pode?! Você não teve essa oportunidade no passado. Quantas vezes se perguntou por que ninguém fez nada, por que ninguém agiu a tempo? Se alguém tivesse feito alguma coisa, você não teria essas cicatrizes nas costas. Quer que aconteça a mesma coisa com aquele menino?

– Não! Claro que não! – responde com raiva, apertando com força o pescoço do aluno que está contra a parede, paralisado de medo.

– Então faça isso, acabe com o problema.

– Sinto muito... não posso – diz, soltando o pescoço de MM.

– Por quê?! Por que não pode?! – grita o dragão, retorcendo-se, dando chicotadas com a cauda nas cicatrizes dela.

– Porque não sou feita de ódio, não sou como você! – exclama a professora, cobrindo o rosto com as mãos e começando a chorar.

– Por enquanto... – sussurra o dragão, que volta ao seu lugar, fechando os olhos e a boca.

A professora não sabe o que fazer com o menino que treme contra a parede.

* * *

MM acaba de sofrer o ataque mais estranho da sua vida. Por alguns instantes, sentiu o pior dos medos, não o que acompanha a violência, mas o que nasce da loucura.

Ele sabe que poderia ter atacado, que poderia ter se defendido, mas algo nos olhos dela o deixou paralisado. Vendo-os de perto, a milímetros dos seus, ele percebeu que pareciam os olhos de um gato, não de uma pessoa.

Ficou paralisado vendo a professora falar consigo mesma, discutindo sobre o que faria com ele antes de soltá-lo.

Por alguns instantes, quando tudo se acalmou, ele ficou ali, contra a parede, tremendo, sem saber o que fazer.

– Vamos comigo à diretoria – disse a professora.

E foram juntos.

Ele sabe que seu pai vai dar um jeito, pois tem dinheiro e, no fim das contas, tudo se resolve com dinheiro. Pelo menos foi o que aprendeu em casa.

Numa casa onde quase não existe carinho, nem abraços, nem beijos, nem elogios, nem palavras de consolo... Mas onde existe dinheiro e todas as comodidades que podem ser compradas.

Quem quer um abraço quando pode usar a roupa mais cara? Quem quer um beijo quando pode comprar o que quiser? Quem precisa dessas bobagens? Ele se pergunta tudo isso, mas sabe que nem sempre foi assim, que antes da história do dedo tudo era diferente, e melhor, muito melhor.

* * *

Nunca tínhamos visto algo assim no colégio. Quando a professora levou MM e fechou a porta, a sala inteira ficou em silêncio. Por alguns minutos, ficamos olhando uns para os outros sem dizer nada.

MM e a professora não voltaram para a sala naquela manhã.

E, a partir daquele dia, ninguém mais jogou coisas em cima de mim na aula de literatura. Nunca mais.

No fim das contas, deve ser verdade o que meu pai sempre diz: às vezes a violência só pode ser detida com violência, porque nós, seres humanos, somos assim.

* * *

Nos dias seguintes surgiram muitos rumores sobre o que tinha acontecido no corredor entre MM e a professora, mas ninguém sabia de nada. Todos tínhamos visto o que aconteceu na sala de aula, mas ninguém disse uma palavra. Sabíamos que poderiam mandar a professora embora, e a verdade é que todo mundo gostava das aulas dela.

Depois daquilo, me deixaram em paz por pelo menos uma semana. Pensei que finalmente tinham se cansado, mas não. Quando o medo de MM passou, o pesadelo voltou, só que de um jeito mais discreto.

Ele começou a me ameaçar pelo celular, por e-mail, pelas redes sociais... Conseguiu também que me excluíssem de todos os grupos de WhatsApp e mudou um pouco sua forma de atacar: não me batia tanto, embora às vezes batesse, não roubava meu lanche todos os dias, só às vezes, nem jogava coisas em cima de mim o tempo todo, muito menos na aula de literatura, claro... O que conseguiu mesmo foi me isolar cada vez mais dos meus colegas.

Ninguém se aproximava de mim no pátio, ninguém fazia trabalho comigo, ninguém falava comigo durante o dia inteiro.

E também tinha a questão dos superpoderes que nunca apareciam. Eu pensava que o ataque das vespas mudaria tudo, mas nada tinha mudado até aquele momento.

Até aquele momento... porque, poucos dias depois, finalmente aconteceu o que eu tanto esperava. Finalmente!

* * *

Num dos dias em que eu voltava sozinho do colégio (na verdade, eu voltava sozinho todos os dias agora), caminhando pelo parque, escutei vozes atrás de mim e logo entendi: eram eles.

Olhei para trás e percebi que estavam a uns cem metros de distância. Como sempre, comecei a tremer, com muito medo. O normal seria sair correndo, mas eu estava tão cansado de fugir que resolvi ficar sentado num banco, esperando.

De longe, vi o rosto de cada um deles e percebi que estavam surpresos com a minha atitude. Devem ter imaginado que eu iria tentar alguma coisa, mas a verdade era outra: eu nem tinha mais vontade de fugir. Percebi que se aproximavam aos poucos.

Cinquenta, quarenta, trinta metros... ou pelo menos eram os meus cálculos. Com eles chegando tão perto, eu podia sentir a raiva deles, e fechei os olhos.

Apertei as pálpebras com toda a força e desejei desaparecer. Me encolhi todo, coloquei a cabeça entre as pernas e fiquei esperando um soco que nunca chegou.

Nada... Silêncio.

Após alguns segundos, abri os olhos e algo incrível aconteceu.

* * *

Naquele exato momento eles passavam na minha frente, a uns dez metros de distância, e olhavam para todos os lados, menos para mim. Não entendi nada. Passaram sem parar, como se eu não estivesse ali, como se... não pudessem me ver.

Olhei minhas mãos, meus braços, meus pés... Eu estava me enxergando, é claro, mas isso não significava que as outras pessoas também estivessem. Talvez fosse o efeito do veneno das vespas, talvez eu tivesse ficado invisível.

Enquanto se afastavam, de vez em quando olhavam para trás, para onde eu estava, mas não faziam nada, não riam, não mostravam o dedo médio para mim, não gritavam... continuavam sem me ver.

Quando desapareceram no parque, me levantei bem rápido e corri para casa.

Eles não tinham me visto! Finalmente eu tinha encontrado meu superpoder e tudo de ruim que vivi teria uma utilidade: eu poderia ficar invisível! Agora só faltava treinar para conseguir desaparecer sempre que eu quisesse, para controlar meu poder.

Cheguei em casa, subi correndo para o quarto e me deitei na cama. Aquele foi um dos momentos mais felizes da minha vida.

Comecei a sonhar com tudo que eu poderia fazer graças ao meu novo poder e percebi que aquilo poderia melhorar tudo... E, enquanto pensava em todas essas coisas, me dei conta de algo que mudaria na minha vida.

* * *

E se essa não tiver sido a primeira vez que fiquei invisível? E se nos últimos dias, nas últimas semanas, eu tivesse ficado invisível várias outras vezes sem perceber?

– Claro! – gritei.

Isso explicava tudo: explicava o fato de ninguém nunca me ajudar, ninguém nunca ver nada, ninguém nunca fazer nada por mim...

Claro, era porque eu estava invisível!

Por isso, sempre que eu saía correndo, MM e seus amigos me perseguiam pelas ruas, mas era só a eles que as outras pessoas viam. Só viam uns meninos que corriam sem motivo, nada mais, por isso nunca me ajudavam.

Por isso, quando eu saía correndo da escola e esbarrava nos pais dos outros alunos, ninguém falava nada. Só sentiam o impacto de alguma coisa e ficavam surpresos, mas não faziam nada.

Por isso, quando me batiam nos corredores, quando pegavam meu sanduíche no recreio ou quando me jogavam no chão, nenhum colega me ajudava, nenhum professor tomava uma atitude.

Claro! Ninguém podia me ver!

Aquilo explicava tudo.

As pessoas não poderiam ser tão más, era impossível. Tinha que ter um motivo para não verem o que acontecia comigo.

E ali, em cima daquela cama, naquela tarde, quando finalmente entendi isso, fui feliz, muito feliz.

* * *

A manhã chega para um menino que, finalmente, encontrou um motivo capaz de explicar o lado obscuro do ser humano: ele estava invisível.

Por isso que na sua casa ninguém notava que seu corpo não tinha mais vontade de viver, que seu rosto só desenhava sorrisos forçados e que seus olhos quase sempre só olhavam o vazio. Por isso não notavam que ele nunca se recostava nas cadeiras, nem que sempre sobrava mais pão, pois seus sanduíches estavam cada vez menores.

Lá fora, nas ruas, na vida, ninguém via um menino que saía devagar de casa e voltava correndo, que fechava a porta com força para deixar seus medos do outro lado. Ninguém via um menino que esperava até o último minuto, pouco antes de fecharem os portões do colégio, para sair de trás de uma árvore ou de dentro de uma garagem. Ninguém percebia as marcas de giz que apareciam nas costas dele no meio da manhã.

Nenhum responsável enxergava nada, nem os alunos, nem o porteiro, nem o guarda de trânsito no cruzamento ali na frente. Ninguém via o menino ser o último a entrar no colégio e o primeiro a sair.

Um menino que esqueceu como se anda porque agora só cor-

re: pelos corredores, antes e depois do recreio, entre uma aula e outra, pelo pátio no fim do dia, nas ruas voltando para casa...
Um menino que, finalmente, conseguiu se tornar invisível.
O que ele não sabe é que isso não foi mérito seu. Na verdade, ele conseguiu isso graças a todos os demais, a todos que o rodeiam.

* * *

Enquanto tudo isso acontecia, uma professora entrava várias vezes numa sala onde não deveria entrar. Procurava, às escondidas, algo que pudesse acalmar o dragão.

Após remexer várias gavetas, armários e até as pastas do computador, enfim encontrou: um histórico escolar que não deveria ler, mas que acabou lendo.

De tanto procurar, descobriu coisas que não sabia: não sabia da operação, não sabia que ele passara quase um ano inteiro sem ir ao colégio e, claro, nunca tinha notado que lhe faltava uma parte do dedo.

* * *

Na semana seguinte aconteceu algo muito estranho na aula de literatura. A professora entrou em silêncio, pegou um giz e começou a escrever, em letras enormes, uma palavra que ocupava o quadro inteiro.

COVARDE

Ela olhou para trás, soltou o giz e ficou na frente da turma.

– Decidi que, a partir de hoje, vamos dedicar os primeiros minutos das aulas para analisar uma palavra. E vamos começar por esta: covarde.

Todos ficamos surpresos, todos ficamos calados.

– Vejamos o que diz o dicionário. Aqui está, a primeira acepção de *covarde* é: "Pessoa sem coragem nem espírito para enfrentar situações perigosas ou arriscadas." Mas tem outra: "Quem prejudica ou maltrata, de forma encoberta, por não ter coragem."

Pois bem, alguém se atreve a falar uma frase com essa palavra? Vamos, você – disse a uma menina sentada na primeira fileira. – Diga uma frase.

– Hum... Ele foi covarde porque não andou na montanha-russa.

– Muito bem, é uma frase coerente com o significado da palavra. E alguém sabe qual é o antônimo de covarde? Todo mundo sabe o que é um antônimo, não sabe?

Ouvimos risadinhas pela sala.

– Corajoso! – gritou um dos meus colegas.

– Ótimo. E uma frase com a palavra corajoso?

– Ele foi corajoso porque andou na montanha-russa – disse outro menino e todo mundo riu.

– Claro, sempre escolhendo o caminho mais fácil – disse a professora. – Vejam bem, a linguagem pode ser confusa e muitas vezes não sabemos bem onde está o limite entre duas palavras. Por exemplo, entre corajoso e covarde. Por isso o contexto é muito importante, tudo depende dele.

E continuou:

– Vamos imaginar um guerreiro alto, forte, que passou a vida inteira treinando para lutar e que tem a chance de destruir um dragão que aterroriza um povoado. Se ele fizer isso, acho que todos diríamos que ele é corajoso, certo?

Escutamos um "sim" de todos na sala.

– Agora vamos imaginar que esse mesmo guerreiro, ao ver o dragão, sinta medo e saia correndo dali. Mas, tentando demonstrar força, resolve lutar contra um inimigo mais fraco. Um esquilo, por exemplo.

Nesse momento, escutamos um "ah" na sala.

– Ele não parece mais tão corajoso, parece?

Ninguém respondeu.

– Vejam bem, o mundo está cheio de guerreiros, o problema é que existem pouquíssimos corajosos. Por outro lado, os covardes estão em todos os lugares: nas ruas, no trabalho, no colégio... poderíamos encontrá-los até mesmo nesta sala.

Depois de falar isso, a professora mudou de assunto.

– Bem, agora vamos continuar com o livro. Em que página paramos?

Todos abrimos os livros sem dizer nada, embora todos soubéssemos quem era o guerreiro covarde, quem era o esquilo e, havia alguns dias, tínhamos descoberto quem era o dragão.

* * *

MM fica em silêncio. Sabe que, embora ninguém se atreva a olhar, todos estão pensando nele, no guerreiro covarde que ataca o esquilo.

Olha com raiva para as costas de uma professora que o ridicularizou na frente de todos e percebe que ela veste uma blusa decotada atrás, uma blusa que deixa entrever a cabeça de um dragão que não para de olhar para ele.

Agora olha para uma das carteiras da frente: o esquilo. "Eu sou um covarde? Quando eu te pegar, veremos quem é o covarde", diz a si mesmo.

A tentativa feita no parque tinha dado errado, mas ele sabe que tem muitos dias pela frente, muitíssimos mais, para tentar de novo, para fazer esse esquilo ficar pequeno e desaparecer de vez.

* * *

Kiri escuta a história com atenção enquanto desenha no caderno a briga de um pequeno guerreiro contra um esquilo gigante que tenta devorá-lo. Por enquanto só é capaz de lutar contra MM dessa maneira, através dos desenhos.

Em cada aula observa o menino-vespa e se pergunta onde está tudo que perderam: por que nunca mais se encontraram, por que não conversavam mais, por que não se falam nem pelo celular...

Às vezes mexe a boca em silêncio, imaginando que suas palavras alcançarão o menino que, aos poucos, vai sumindo...

Ultimamente ela só o vê na sala de aula, quando está em sua carteira, olhando para o nada, sempre ausente. Depois, quando chega o recreio, quando acabam as aulas, ela tem a impressão de que seu amigo vai se apagando entre todos.

Ninguém o enxerga, ninguém olha para ele, ninguém percebe que uma vida se desintegra lentamente.

Agora, pelo menos, alguém está tentando fazer alguma coisa, pelo menos uma professora está fazendo o que pode, mas e ela? O que está acontecendo com ela? E essa pergunta sempre desvia seu olhar e silencia todas as suas palavras.

* * *

Aquela era a minha história e não restava dúvida sobre quem era o esquilo e quem era o guerreiro. O que eu não tinha certeza era se aquilo me ajudaria.

    Mas eu não me preocupava, já tinha meu superpoder, agora só precisava treinar. A cada dia eu treinava mais, e quanto mais treinava, melhor me saía: era capaz de ficar invisível por mais tempo e na frente de mais gente.

    A história do parque se repetiu outras duas vezes. Aconteceu mais ou menos a mesma coisa da primeira vez: eles vieram e eu fiquei quieto. Fechei os olhos, me concentrei e, quando voltei a abrir, eles tinham passado direto.

    No colégio as coisas também foram melhorando. No recreio, por exemplo, eu me enfurnava num canto e conseguia desaparecer por meia hora.

    Já tinha me acostumado a andar na rua sem ter que me preocupar com nada. Quando saía do colégio, entrava numa garagem próxima, me agachava, me concentrava ao máximo e saía de lá sendo invisível. Ninguém me chateava até eu chegar em casa.

    Ainda assim, aconteciam falhas e nem sempre tudo terminava bem, por isso comecei a observar com mais cuidado os meus companheiros, para saber quem era capaz de me ver ou não. Eu suspeitava que tinha algo estranho com meu poder porque eu não ficava invisível para todo mundo ao mesmo tempo. Era isso que eu precisava descobrir: por que os meninos que queriam bater em mim às vezes me viam, e os outros, os que poderiam me defender, quase nunca me enxergavam?

Uma dessas falhas aconteceu um dia no parque. Eu estava tão confiante que nem percebi que alguém me seguia.

* * *

Caminhando pela rua principal do parque, percebi que alguém se aproximava por trás. No início não dei importância, pois era normal as pessoas se aproximarem de mim sem saber que eu estava ali, já que não podiam me ver.

Esse era outro dos meus poderes: com o tempo eu aprendi a sentir a presença das pessoas sem precisar olhar para elas. Todos os ataques e golpes fizeram com que eu desenvolvesse esse novo superpoder.

Mas, naquele dia, uma mão encostou no meu ombro. Meu coração começou a bater muito forte, muito rápido.

Fiquei alguns segundos sem saber o que fazer, mas acabei me virando.

E lá estava ela, na minha frente, me olhando nos olhos.

– Você tem um minuto? – perguntou.

– Sim, sim... – comecei a tremer. – Para quê?

– Vai ser rápido, vamos nos sentar nesse banco...

– Tá...

* * *

E ali, na intimidade de um banco, uma dupla improvável terá uma das conversas mais importantes de suas vidas.

Para ele, porque vai ser a primeira vez que poderá falar sobre seus medos com alguém, além da sua irmã mais nova. Há muito tempo não conta seus medos a ninguém.

Nos minutos iniciais, nenhum dos dois se atreve a dizer nada, mas pouco a pouco vão aparecendo as palavras, os sentimentos, e suas mentes vão se abrindo. E pouco a pouco abrem também seus corações, porque é onde realmente reside tudo que precisam dizer um ao outro.

Após terem encontrado a confiança necessária, após terem conversado sobre temas triviais, ele resolve perguntar algo que guarda há muito tempo:

– Por que você alterou minha nota?

– Eu? – pergunta ela, surpresa. – Não alterei sua nota, dei a nota certa. Foi você que mudou as respostas, que fez a prova de outra maneira.

Ele fica em silêncio, sem saber o que dizer.

– Sabe... – A professora retoma a conversa, com delicadeza. – Eu sei como você se sente, sei o que está vivendo...

– Sabe? – retruca, surpreso. – Como?

– Porque isso também aconteceu comigo.

Nesse momento o semblante do menino muda e dá lugar a um sorriso.

– Você também já ficou invisível?

* * *

– O quê? – reage, confusa, uma professora que não entende a pergunta.
– Você também já teve esse poder?
– Esse poder?
– É, igual ao meu.

Enquanto o menino começa a dar alegremente uma longa explicação, o corpo da mulher vai se desintegrando, como se fosse feito de papel e não parasse de chover dentro dela.

Escuta, escuta e escuta... até o menino desabafar, até ele expulsar do corpo esse grande segredo que guardava há tanto tempo.

Tentando conter as lágrimas, ela declara:
– Você não é o único que já tentou ficar invisível, sabia? Isso acontece com muita gente, mas todo mundo guarda segredo, ninguém diz nada.
– Por quê?
– Bem... para quem você contou?
– Para ninguém...

Então a mulher se vira de costas, levanta o cabelo da nuca e diz:
– Olha aqui. Sabe o que é isso?
– Parece a cabeça de um dragão.

– Sim, é um dragão. Mas um dragão muito especial.
– Por quê?
– Porque esse dragão apareceu quando eu queria desaparecer. Ele surgiu para que eu pudesse voltar a ser visível. Durante anos, eu não queria que ninguém visse minhas costas, não queria ir à piscina nem à praia...

Durante muitos anos – ela pensa, mas não vai dizer isso ao menino, é claro – ela sentiu pânico só de pensar em ficar nua na frente de alguém. Se conhecia um rapaz e terminavam na cama, tinha que ser com a luz apagada. Quase não permitia ser tocada, abraçada...

– Eu não suportava a ideia de que vissem minhas costas. Até que, certo dia, criei coragem e o dragão nasceu.

E ali no parque, na frente de todo mundo, a professora expõe suas costas e mostra seu dragão por inteiro.

– Olhe bem, não só o desenho. Observe tudo que está em volta dele. Observe principalmente o que ele esconde.

O menino fica calado, observando um dorso alheio que, ao mesmo tempo, também é seu.

Diante do silêncio de um menino que não sabe o que responder, é ela quem o anima, quem insiste para que ele conte tudo que tem acontecido. E a professora pergunta por que ele nunca contou nada a ninguém.

E diante da surpresa de uma professora que não esperava essa resposta, um menino conta que não enfrenta problema algum desde que se tornou invisível e que, quando acontece algo que o incomoda, ele simplesmente desaparece para que as pessoas não o vejam mais.

* * *

Nos dias seguintes uma professora tenta, através das palavras, deter os ataques. O problema é que esses ataques eram cada vez mais invisíveis: doíam da mesma forma, mas não deixavam marcas.

Tenta também evitar um isolamento que, no fim das contas, pode se transformar no pior dos castigos, ainda que quem o receba tente transformá-lo em algo bom, num superpoder.

Ela continua tentando, em cada aula, com palavras, ideias, exemplos, e certo dia com uma fábula que deixa todos os alunos mudos.

* * *

A fábula

– Hoje vou contar uma fábula – disse a professora assim que entrou na sala, e começamos a rir.
Foi engraçado ouvir aquilo. Já estávamos meio grandinhos para esse tipo de coisa.
– Pois saibam que a literatura não é só romance, teatro, poesia... Uma parte muito importante da literatura são as fábulas. Antigamente, quando ninguém sabia ler nem escrever, muitas histórias eram transmitidas dessa forma, oralmente, para ensinar lições às pessoas, para instruir...
Ela pegou um livrinho e procurou uma página.
– Este livro se chama *Contos para entender o mundo, volume 2*. Embora a gente talvez nunca compreenda o mundo integralmente, a história que vou contar hoje pode servir para que, pelo menos, vocês entendam um pouco melhor o colégio ou esta sala de aula. A fábula se chama "Não é problema meu" e é uma versão de um conto popular.
E começou.

Um rato que morava numa fazenda procurava comida quando, de repente, através de um buraquinho, viu que o fazendeiro e a esposa abriam um pacote recém-comprado. Quando viu o que havia dentro do pacote, o pequeno roedor ficou horrorizado, pois era justamente uma ratoeira.

Assustado, foi correndo avisar aos outros animais da fazenda:

– Eles compraram uma ratoeira! Compraram uma ratoeira! – gritava.

As duas vacas, que pastavam tranquilamente, responderam:

– Puxa, sentimos muito. Sabemos que pode ser um grande problema para você, mas isso não nos afeta nem um pouco.

O rato, triste, foi dar a má notícia ao cachorro:

– Cachorro! Cachorro! Você tem que me ajudar! Os donos da fazenda acabaram de comprar uma ratoeira e preciso dar um sumiço nela!

O cachorro, que descansava preguiçosamente num cantinho do estábulo, respondeu, sem muito interesse:

– Puxa, sinto muito por você, mas, convenhamos, essa ratoeira não vai me atrapalhar.

O rato, indignado, procurou os três porcos da fazenda para ver se poderiam ajudá-lo de alguma forma.

– Porcos! Porcos! Acabei de ver que os donos da fazenda compraram uma ratoeira. Me ajudem a encontrá-la para que eu não fique preso nela.

Os porcos, que estavam tomando um banho numa poça de lama, olharam para ele meio apáticos e um deles falou:

– Puxa, coitado, você vai ter que andar com muito cuidado de agora em diante...

– Mas vocês precisam me ajudar! É terrível saber que existe uma ratoeira por aqui.

– E por acaso corremos perigo? Pode ser terrível para você, sem dúvida, mas uma ratoeira dificilmente nos causaria algum dano.

E os porcos continuaram chafurdando na lama.

E assim, um a um, os animais foram se distanciando daquele problema, pois era algo que claramente só afetaria a vida do rato.

Durante vários dias, o rato andou com muitíssimo cuidado para não ficar preso na armadilha.

Não conseguira a ajuda de nenhum animal para encontrar e destruir a ratoeira, ou pelos menos escondê-la.

Certa noite, porém, escutou-se um barulho como se a ratoeira tivesse capturado alguma coisa.

A dona da fazenda saiu correndo e viu que a ratoeira pegara uma cobra, que parecia morta. Porém, quando a mulher tentou soltá-la, a cobra deu o bote e mordeu seu braço.

O fazendeiro, assustado com os gritos da esposa, saiu correndo. Ao ver o que acontecera, ele a colocou no carro para levá-la rapidamente ao hospital. Mas teve o azar de, ao acelerar, atropelar o cachorro que dormia embaixo do carro.

Nos dias que se seguiram, muitos familiares foram visitar a mulher, que se recuperava em casa. Para dar comida a tanta gente, o fazendeiro resolveu abater seus três porcos.

Por fim, quando a mulher já estava quase curada, chegou a conta do hospital e os donos da fazenda só conseguiram pagá-la vendendo ao abatedouro as duas vacas que possuíam.

A fábula chegou ao fim e ficamos em silêncio. Sabíamos que a professora tinha escolhido aquela história por algum motivo, por causa de alguém. E eu era o rato, disso eu tinha certeza.

* * *

Depois de ouvir a história, um menino com uma pequena cicatriz na sobrancelha fica imaginando que animal seria: o cachorro, uma das vacas, talvez um porco... Sim, sem dúvida o porco, o porco que abandonou o amigo. Há muito tempo não pergunta como ele está, não fala com ele, não manda mensagens, não o encontra à tarde, ou depois da escola, para aquelas conversas infinitas...

Amigo? Ele pensa no significado dessa palavra, talvez a próxima analisada pela professora em sala de aula. Que tipo de "amigo" ele é? Um amigo não deixaria o outro abandonado dessa maneira e seria o primeiro a ajudá-lo, a defendê-lo... Mas e ele? O que aconteceria com ele se entrasse nessa guerra? Qual é o limite entre ajudar e também correr perigo? Talvez essas sejam perguntas muito amplas para uma pessoa tão pequena.

E agora, sentado na sua carteira, ele observa o menino-rato que parece cada vez menor, que tropeçou em várias ratoeiras nas últimas semanas e anda meio desaparecido. E percebe que falhou em tudo, desde o primeiro dia, desde que resolveu ficar em segundo plano, desde que decidiu abandoná-lo.

Sim, sem dúvida ele é o porco, um entre vários.

Porque não é o único que se sente assim numa turma que

abandonou o rato há muito tempo. Alguns se sentem vacas; outros, cachorros; outros, porcos... mas todos inventam mil desculpas para se justificar. A melhor de todas é que, pelo menos, eles não são a ratoeira.

* * *

Ele, sim, é a ratoeira, e sabe disso.

Há vários dias o menino dos nove dedos e meio sai do colégio com a raiva escondida entre os dentes. O que está acontecendo na aula de literatura o perturba cada vez mais. Ele não sabe como deter tudo isso, como lutar contra as palavras, pois só sabe usar os punhos.

Covarde, corajoso, guerreiros, esquilos, dragões... e agora aquela historinha... tudo tem a ver com ele.

E pensa que, por enquanto, o melhor é usar a cabeça. Não vai mais agredi-lo fisicamente, porque isso é cada vez mais complicado. Vai se concentrar em ridicularizá-lo nas redes sociais, isolando-o dos amigos, tentando fazer com que ninguém fale com ele, cuidando para que ele não exista.

Mas esse plano tem um pequeno problema: surgiu tarde demais.

* * *

Nos dias anteriores ao acidente, já quase não batiam em mim, e isso só tinha uma explicação: eu estava vencendo, meu poder era cada vez mais forte.

É verdade que eu treinava muito em casa, todos os dias. Eu me concentrava e me imaginava andando por qualquer lugar sem que ninguém me visse. E fazia a mesma coisa na sala de aula, no colégio, na rua, sempre tentando passar o mais despercebido possível.

A cada dia eu era visto por menos gente no caminho até o colégio, passava o mais rápido que podia ao lado dos alunos, dos pais, das mães... e ninguém percebia minha existência. O porteiro do colégio, por exemplo, nem levantava a cabeça quando eu chegava. Ele fechava o portão e pronto, como se eu nunca tivesse passado por lá.

No corredor ninguém se virava para me olhar, como se eu simplesmente não existisse.

Na sala de aula era mais complicado ser invisível porque, mesmo sem me ver, todos sabiam onde eu me sentava. Ainda assim, tinha vezes que eu conseguia. Durante dias inteiros, ninguém falava comigo, ninguém se dirigia a mim, como se eu tivesse faltado à aula.

Na hora do recreio, eu ficava num cantinho, perto de uma árvore, e na maior parte dos dias ninguém falava comigo ou se aproximava de mim. Nem mesmo MM e seus amigos. Finalmente tinha dado certo: não conseguiam me ver.

O bom de ser invisível é que ninguém mexia comigo, não me batiam, não me cuspiam, não riam de mim. Eu podia sair do colégio e voltar para casa tranquilo, sem ter que ficar olhando para trás o tempo todo.

O ruim de ser invisível é que também fiquei invisível para as pessoas que eu queria que me vissem.

Kiri não me via mais.

* * *

É a última segunda-feira antes de tudo acontecer.

– Bom dia! Hoje decidi dedicar a aula inteira a uma única expressão – diz a professora de literatura, pegando o giz.

Ela se vira de costas e começa a escrever no quadro, em letras gigantescas. Primeiro um C enorme, depois um D, depois um F... letras que formam uma sigla que todo mundo ali conhece muito bem.

Uma sigla que afeta um menino que começa a ficar nervoso. Ele sabe que essas letras o deixarão mais visível do que nunca. Porque lá, no quadro, está a expressão que faz referência ao seu maior defeito.

A três mesas de distância, na penúltima fileira, um menino com nove dedos e meio também fica nervoso, até mais que o menino invisível, pois sabe que essa palavra está relacionada à sua principal carência.

* * *

CDF

Foi só isso que ela escreveu no quadro, e naquele dia não arrancou risadas, só silêncio.
– Vamos ver, alguém se atreve a dar uma definição para essa sigla? – perguntou a professora.
Ninguém disse nada.
– Vamos, Sara. Você mesma, forme uma frase.
– É... então... Ele tirou dez porque era CDF – disse ela.
– Muito bem, essa vale, mas quero outra. Você...
– Ele nunca saía nos fins de semana porque era CDF.
– Certo. Vamos ver, agora você.
– Ele sempre passa de ano sem fazer esforço porque é CDF.
Nessa terceira frase, percebi que todas começavam com "ele", nunca com "ela", e eu sabia que esse "ele" era eu.
– Bem – disse a professora –, esta última frase não é muito correta. Temos aí um problema de significado.
E pegou o dicionário.
– Vejam, vou ler a definição. Tentem perceber onde está o erro. *CDF*: "Pessoa que estuda muito e se distingue mais pelo esforço do que pelo talento."
Silêncio.
E continuou:

– Ou seja, o CDF não é uma pessoa necessariamente inteligente por natureza, mas se esforça muito para ser. O que vocês consideram mais importante: o esforço ou o talento? Levante a mão quem acha que é o esforço. Agora quem acha que é o talento.

A votação ficou mais ou menos empatada, e não levantei a mão hora nenhuma.

– Se eu tivesse que escolher – disse a professora –, escolheria quem se esforça, pois conheço muita gente talentosa que é mais preguiçosa que um cabo de vassoura, enquanto a maior parte dos esforçados costuma ter sucesso. Mas voltemos ao tema. Vamos analisar essa expressão e, acima de tudo, analisar como a utilizamos, pois em geral é de forma pejorativa, não é mesmo?

* * *

– Vejamos, quantos de vocês têm celular?
Ao ouvir essa pergunta, quase toda a turma levanta a mão.
– Certo. Quem vocês acham que desenvolve a tecnologia necessária para que todos gastem dinheiro com esses aparelhos? Quem vocês acham que enriquece enquanto vocês imploram aos seus pais um modelo mais novo? Quem ganha dinheiro enquanto vocês perdem tempo tirando selfies? Quem aqui usa o Google e o WhatsApp? Quem tem uma bicicleta, um tablet, um computador...? Quem já andou de elevador, de trem, de avião?

E continua:

– Temos tudo isso porque, em algum momento, os CDFs, pessoas que, com ou sem talento, se esforçaram para estudar, pesquisar, aprender, dar um passo além e tornar isso possível... Quando vocês andam de carro ou de bicicleta, quando atravessam uma ponte, quando compram algo pela internet, quando acendem uma lâmpada, quando usam o GPS para se localizar, quando jogam videogame, quando tiram uma foto... tudo isso só é possível graças às pessoas que chamamos de nerds ou de CDFs. Aliás, a vida inteira de vocês depende dessas pessoas.

A professora faz uma pausa e tudo que se ouve é o silêncio, a turma concentrada como poucas vezes antes.

– Imagino que muitos já tenham andado de avião, certo? Com certeza, nenhum de nós gostaria que o piloto fosse um desses alunos que tiram as piores notas do colégio, que não sabem fazer nada, que não ligam para nada, concordam? Gostaríamos que fosse uma pessoa muito esforçada, de preferência a melhor da turma. Sendo assim, sempre que conhecerem um CDF, pensem o mesmo dele, pois certamente será ele que, no futuro, vai pilotar a vida de vocês.

E a professora prossegue:

– Depois vem o resto, o rebanho de ovelhas, os consumidores, os que quando são jovens riem deles, mas depois trabalham quinze horas por dia em um subemprego em troca de um salário de fome. Pois é, e depois vêm os outros, os que acham que, sem fazer absolutamente nada, serão ricos e famosos.

A professora começa a rir.

– Vocês já pensaram no que vai acontecer quando o YouTube reduzir o pagamento por visualização? O que vai acontecer com as pessoas que ganham dinheiro só comentando a vida dos outros?

Então ela faz uma pausa e olha para a turma.

– Querem saber de uma coisa, crianças? O tempo no colégio dura poucos anos, talvez mais para alguns. – Nessa hora, MM se retorce na cadeira. – Mas depois vem o resto da vida de vocês, e isso é muito, muito, muito tempo. O que vocês vão fazer depois que se formarem?

Silêncio de novo.

– Depois que saírem daqui vocês terão a vida inteira, e isso são muitos anos. Vão precisar escolher se querem viver trabalhando apenas para sobreviver ou não. Eu garanto que, se hoje vocês riem dos CDFs, eles vão rir muito mais de vocês daqui a alguns anos.

E continua:

– Vocês deveriam se perguntar quem costumam ser as pessoas mais ricas do mundo. Não são as que passam o dia deitadas na cama, ou se olhando no espelho para ver como ficou seu novo corte de cabelo, nem as que perdem horas mergulhadas no celular, nem as que têm talento e o desperdiçam. Essas pessoas podem até ficar ricas, mas não será duradouro. Por isso, antes de rirem de uma pessoa que estuda, que quer ser alguém importante na vida, que quer oferecer algo à sociedade, pensem em quem vai curá-los quando ficarem doentes, em quem salvará suas vidas se um parto se complicar, se vocês sofrerem um acidente...

Nesse momento, mesmo sem vê-lo, MM sabe que o dragão o atacará sem piedade.

Nesse momento, a professora percebe que algo se mexe nas suas costas e sabe que essa coisa vai assumir o controle da conversa.

E ambos, MM e professora, tremem, pois não sabem o que o dragão vai dizer. Até aonde ele será capaz de chegar com toda a informação que tem?

* * *

– Por exemplo, Sara, quando você caiu e quebrou a perna – pergunta o dragão –, quem operou e curou você? Quem criou o aparelho em que você fez uma ressonância magnética? Ou você, Marcos, quando sua irmãzinha nasceu prematura, quem ajudou sua mãe a dar à luz? Quem inventou a incubadora que conseguiu deixar sua irmã viva e saudável? Ou você, Sandra...

MM percebe que o dragão está sobrevoando todos os alunos, mas com um objetivo claro: ele.

Em poucos minutos, seus medos se tornam realidade. Nenhum nome é revelado, só uma história, a história dele. E MM se pergunta como o dragão sabe daquilo, como descobriu o que acontecera com ele há tanto tempo.

– Ou imaginem – continua o dragão – que um dia vocês estão andando de carro com seus pais e o carro derrapa, saindo da estrada no meio da noite...

"O carro derrapou por um motivo", pensa MM.

– E vocês sofrem um acidente, um acidente grave, desses que podem acabar com a vida de vocês ou de todos os passageiros que estão no carro.

"Com a de todos não, só com a minha", pensa MM.

– E o acidente é tão grave que vocês são levados para o hospital,

onde são operados às pressas e ficam entre a vida e a morte, pois um pedaço do carro ficou cravado em algum ponto do seu corpo. "Em algum ponto não, no peito, a poucos centímetros do coração."
– E por sorte a operação é um sucesso, mas vocês devem ficar muito tempo internados no hospital, onde fazem vários exames.
"Muito, muito tempo, foram dois meses", lembra o menino dos nove dedos e meio. "Dois meses internado sem saber por que eu estava lá, sem ter feito nada, sem..."
É a primeira vez que ele nota os olhos ficarem úmidos.
– E se o médico que precisa operá-los não existisse porque, quando pequeno, não paravam de chamá-lo de CDF? E se vocês caíssem nas mãos do médico mais preguiçoso da faculdade de medicina? Ou pior, mas ainda assim possível: e se o doutor que os salvasse fosse o mesmo que, quando criança, vocês insultavam porque estudava muito? Nunca subestimem o destino. Sobretudo, nunca deem risada de alguém que, no futuro, poderá salvar sua vida.
Agora MM já não está mais ali. Sua mente voou ao passado, voltando aos dias em que um menino de 7 anos permanecia numa cama dia após dia, sem entender nada...

Muitos anos atrás, também num hospital
Um menino de apenas 7 anos acorda todas as manhãs sem saber por que precisa respirar através de um tubo, por que toma tanto remédio e, sobretudo, por que sua mão está enfaixada.
Quase sem poder mexer o corpo, ele pergunta à mãe:
– Mamãe, por que estou aqui?
Nesse instante a mulher não aguenta mais e começa a

chorar na frente do filho. Ela quer desaparecer. Sua dor é tão intensa que ela preferiria morrer ali mesmo, como se assim pudesse voltar ao passado, como se assim pudesse dar um jeito no que tinha acontecido...

MM reconhece que perdeu, que o dragão jogou sujo, que é melhor não saber certas coisas. Que algumas lembranças deveriam permanecer na intimidade de cada um.
Ele se levanta, sem dizer nada, e sai da sala.
O dragão o vê, a professora o vê, o menino invisível o vê, todos os colegas o veem... mas ninguém diz nada.

* * *

Um menino com nove dedos e meio entra no banheiro, furioso, e começa a socar tudo que vê pela frente: a porta, a parede, o espelho... Perdido em tanta fúria, nota algo estalar na sua mão: o nó de um dos dedos está sangrando. Coloca a mão embaixo da água e começar a chorar. É uma mistura de raiva, impotência e ódio.

O acidente aconteceu há muitos anos, quando era pequeno, mas ele se lembra de absolutamente tudo, como se sua mente tivesse marcado algumas lembranças a fogo. A discussão dos pais antes de entrar no carro: sua mãe insistindo que, no estado em que o marido estava, ele não deveria dirigir; seu pai garantindo que após quatro drinques nada aconteceria.

E assim, entre gritos, um menino de apenas 7 anos é colocado no banco traseiro sem que alguém pergunte ao menos a sua opinião.

O carro acelera, a discussão continua: as lágrimas dela, os gritos dele. No meio dessa tormenta um menino sente medo, mas não sabe por que chora numa situação que não entende, pois ainda não é capaz de entender a relação entre as palavras *bebida* e *direção*.

Poucos minutos depois, um tranco avisa que o pior está por

vir: o carro invade a faixa contrária, outro carro que vem pisca o farol e consegue se esquivar. Gritos da mãe, gritos do pai, lágrimas de um menino que preferiria sair dali mas, por ser uma vida tão pequena, percebe-se incapaz de agir.

E logo depois vem a calma, o silêncio que precede a desgraça. Outro tranco, e saem da estrada.

Um menino solto no banco percebe que começa a voar no interior do automóvel. Seus pequenos olhos observam tudo girando ao redor.

Nesse voo sem âncora, ele sente uma leve dor na mão, mas não será a pior dor que vai sentir. Não, essa será a seguinte, quando um pedaço de metal perfurar o peito dele, bem ao lado do coração.

E silêncio.

E gritos de uma mãe desesperada ao ver sangue saindo do peito do filho.

E o desespero do pai que continua ajoelhado no chão, segurando nos braços a vida de um menino, uma vida que escapa entre seus dedos.

Ninguém tinha esperança de que um corpo tão pequeno e tão machucado pudesse sobreviver, ninguém exceto o médico que o operou, que assumiu o controle da situação. Um dos melhores, como ele ficou sabendo depois, uma dessas pessoas que não fizeram outra coisa na vida além de estudar e se preparar para isso... para salvar vidas.

E o menino sobreviveu, com uma grande cicatriz no peito e meio dedo a menos, mas sobreviveu.

E sobreviveu, pensa, graças a alguém como o menino-tomate.

* * *

Foi a partir daquele momento que seus pais, para compensar o sentimento de culpa, começaram a dar tudo que ele pedia.

Foi também a partir daquele momento que o pai se afastou do filho. A cada dia brincavam menos juntos, a cada dia se abraçavam menos, beijavam-se menos, liam menos histórias antes de dormir...

E isso foi algo que aquele menino nunca entendeu, pois com 7 anos é impossível guardar rancor, com 7 anos nós amamos nossos pais, mesmo quando eles não cuidam da gente, mesmo que não sejam os melhores do mundo... mesmo que quase nos matem em um acidente. E as crianças pequenas fazem isso: fabricam amor continuamente, sem pré-requisitos.

Com o passar do tempo, o pai se afastou tanto dele que, certos dias, pareciam viver em universos diferentes.

"Por quê?", ele se perguntou muitas vezes. Talvez por vergonha, talvez por nunca ter se perdoado pelo que fez, talvez porque, ao ver o filho, ele só enxergue culpa.

E MM chora na intimidade tudo que jamais se atreveria a chorar em público, e se senta no chão, embaixo da pia, com a cabeça caída entre as pernas. Nesse instante, o menino gostaria que o dragão entrasse no banheiro e o abraçasse, mesmo que o queimasse, mesmo que cravasse as unhas em sua pele... pois, de vez em quando, até os vilões precisam de um abraço.

Nesse instante, algo se mexe sob a cicatriz que ele carrega no peito.

* * *

No dia da palavra CDF, percebi que meu defeito não era tão grave, que a professora tinha razão e que ser assim talvez não fosse tão ruim.

Naquele dia também aconteceu algo estranho com MM. Ele saiu da sala para ir ao banheiro e não voltou mais, nem para aquela aula, nem para as próximas, nem no dia seguinte, nem no outro. Disseram que ele tinha batido a mão com força e quebrado alguma coisa.

E os dias que se seguiram foram tranquilos. De qualquer maneira, eu já tinha aperfeiçoado tanto meu poder que conseguia passar o dia inteiro sem que ninguém falasse comigo, sem que ninguém me tocasse, sem que ninguém me visse.

Eu tinha conseguido! Estava feliz porque era capaz de controlar minha invisibilidade quando quisesse, e sempre funcionava.

Por isso achei tão estranho o que aconteceu poucos dias depois.

* * *

Um menino de nove dedos e meio, agora com um deles quebrado, está em casa pensando no melhor momento para fazer o que nunca teve coragem.

É complicado, por isso hesita tanto, porque algo assim só pode ser feito por alguém corajoso, e ele, no fundo, talvez seja mesmo um covarde.

No terceiro dia em casa, já não aguenta mais e vai para a rua. Sabe que, mais ou menos nessa hora, o menino vai atravessar o parque e estará sozinho. Melhor assim, pois não quer testemunhas.

Espera escondido atrás de uma árvore. Sabe que, se o vir, o menino vai começar a correr. Por isso quer pegá-lo de surpresa.

Poucos minutos depois, vê o menino-vespa se aproximando de cabeça baixa, olhando para o chão, como se contasse os próprios passos, como se vivesse em outro mundo.

Deixa o menino passar e se posiciona atrás dele, a uns dez metros de distância. E o chama:

– Ei!

* * *

Esse "ei" soa como um furacão de lembranças para um menino que revive tudo que sofrera desde o primeiro dia em que disse NÃO.

E treme de novo.

E mais uma vez sente medo.

E não entende o que pode ter falhado. Por que logo agora voltou a ser visível? O que ele fez de errado? Em que momento se desconcentrou?

Percebe, graças aos seus poderes, a presença de alguém atrás dele, a apenas cinco metros, ele calcula.

Não sabe se olha para trás ou começa a correr.

Resolve enfrentá-lo e se vira. E ali, frente a frente, temos o herói e o vilão.

E sua mente fica repleta de lembranças: os empurrões, os pés esticados ao entrar e sair da sala de aula, as cusparadas nas costas, sua cabeça dentro do vaso sanitário, o cocô de cachorro que colocaram na sua mochila, o vídeo das vespas, suas fotos se espalhando pelas redes sociais, Kiri o chamando de covarde na sua cara, as noites sem dormir, as manhãs acordando com a cama molhada... e esta última lembrança faz uma onda de medo invadir seu corpo, e ele expele esse medo fazendo xixi nas calças.

O vilão fica observando uma mancha escura crescer na calça do menino-tomate, uma mancha que deixa visível todo o sofrimento que o herói carrega dentro de si.

Um herói que, de forma instintiva, olha para todos os lados. Suspeita que os amigos de MM estejam por perto, escondidos, gravando tudo. Gravando o momento em que um menino faz xixi nas calças, embora ninguém tenha feito nada contra ele.

Volta a olhar para MM e vai embora correndo dali.

* * *

MM fica parado no parque durante vários minutos, observando o menino-vespa fugir sem motivo. Não sabe o que acabou de acontecer. Ele não fez nada, não o tocou, nem mesmo falou com ele. Talvez seja muito jovem para entender que não é possível curar as feridas de uma flecha que já atravessou muitas vezes um mesmo corpo.

Olha para trás, para todos os lados. Ninguém viu nada, melhor assim.

* * *

Um menino chega em casa arrastando uma derrota tão antiga que pesa mais que seu próprio corpo. Ele sabe que consegue administrar a dor sem problemas. No fim das contas, já ficou imune. Mas a vergonha... isso é outra história. Isso sempre o fez naufragar.

E agora, logo agora que parecia ter conseguido ser invisível, acredita que vai se tornar mais visível que nunca.

Tudo indica que, daqui a minutos, talvez agora mesmo, esse vídeo será visto por todos os seus colegas de turma. Um vídeo que, como ele imagina, não vai parar por ali, vai chegar aos amigos dos seus colegas, e aos amigos desses amigos, e aos amigos dos amigos desses amigos... e assim até o infinito. Milhares e milhares de pessoas o verão fazendo xixi nas calças.

Sobe para o quarto, deixa a mochila no chão e se joga na cama, onde chora um corpo no qual não cabem mais castigos. Ele está à beira do precipício há tempo demais, fazendo o impossível para manter o equilíbrio num mundo repleto de inimigos, com os pés cada vez mais longe do chão... com os pés cada vez mais perto do abismo.

Volta a pensar no vídeo, pois não pensar é impossível, e o imagina chegando a um celular muito especial, ao celular de uma menina cheia de pulseiras. E a imagina deitada na cama, abrindo um link que acabou de chegar. E a imagina o vendo fazer xixi nas calças, sem motivo aparente, só por medo. E a imagina rindo dele, imagina sua risada de desprezo e imagina muitas outras coisas. É assim que a mente funciona. Ela é capaz de causar uma dor infinita sem nenhuma base concreta.

O que ele sabe é que não vai voltar ao colégio. Não sabe muito bem como vai fazer isso, mas não vai voltar.

Ele se levanta.

Entra no banheiro sem acender a luz.

Tira a roupa.

Toma banho deixando as gotas caírem sobre suas costas.

E se seca lentamente, no escuro, para não ver o corpo nu refletido no espelho.

Esconde a calça entre as roupas sujas para não ter que dar nenhuma explicação.

Poucos minutos depois, seus pais chegam, e também sua irmã, uma menina que todos os dias, assim que pisa em casa, sobe correndo para vê-lo.

– Vamos jantar! – gritam da cozinha.

Eles descem as escadas devagar. Ela dando a mão ao irmão, ele observando com atenção todos os detalhes de uma casa que, quem sabe, poderia esquecer amanhã.

Enquanto jantam, escutam trovoadas ao longe.

– Mamãe, o que é isso? – pergunta sua irmã.

– Uma tempestade – responde a mãe. – Mas está tudo bem, não se preocupe.

Acabam de jantar, vestem seus pijamas, escovam os dentes e, enquanto ele arruma o quarto, a irmã chega com uma ovelhinha de pelúcia na mão.

– Posso dormir com você? Estou com medo da tempestade.

– Pode, claro – responde o menino que continua pensando no vídeo, em Kiri, na vergonha...

– Ótimo – responde a irmã com um sorriso que vale todo o ouro do mundo.

Os dois se deitam na cama. E nesse momento nosso menino decide começar uma das conversas mais difíceis da sua vida.

* * *

– Que história vai me contar hoje? – pergunta a irmã, aninhando-se em seu peito.
– A do menino que não era amado por ninguém – responde com os olhos trêmulos.

Com a luz apagada, ele acha que ela não notará suas lágrimas.
– Ele não era amado por ninguém?
– Isso, Luna, por ninguém...

E chega o momento em que a torre balança, quando se nota que não será preciso que o vento a derrube, pois ela vai cair sozinha.
– Mas eu poderia amar o menino. Claro que ele é amado...
– Você, sim, Luna. Você, sim...
– Como é possível não ser amado por ninguém? – pergunta a menina, ainda nessa idade que mantém intacta a inocência.

Silêncio.
– Luna, você sabe que eu te amo demais, não sabe? – pergunta ele, apertando-a entre os braços.
– Eu também, eu também te amo muito, muitíssimo, super-muitíssimo – responde a irmã, encolhendo-se naquele abraço.
– Eu sempre vou te amar, Luna. Sempre. Você é a coisa mais bonita que já aconteceu na minha vida. Quem dera a vida fosse

assim, quem dera a vida fosse você – diz o menino, que enfia a cabeça entre os bracinhos da irmã.

– Por que você está chorando?

– Porque algum dia eu talvez não esteja mais aqui.

– Mas eu não quero que você vá embora, quero que fique comigo para sempre...

A voz da menina é um sussurro enquanto ela luta contra o sono, uma luta que começa a perder.

– Eu sei, não se preocupe. Sempre estarei com você, vou te amar para sempre...

– Não quero que você vá embora, não quero que...

E finalmente a menina fecha os olhos, mas sem soltar o dedo do irmão. Dorme.

– Mas eu não sirvo para nada – sussurra o menino. – Não passo de um estorvo, todo mundo ri de mim, nem sei para que nasci...

E a abraça.

E assim, juntos, entrelaçados, desaparecem.

Ela se sentindo feliz, segura, amada.

Ele se sentindo um nada.

***

Na manhã seguinte acordei cedo e ela continuava ali, ao meu lado, agarrando meu braço. Levantei com cuidado para que Luna não acordasse, acendi a luz da mesa de cabeceira e cheguei perto da janela: continuava chovendo e tudo indicava que choveria o dia inteiro.

Comecei a observar os pôsteres nas paredes, as estantes cheias de histórias em quadrinhos, o armário com tantas e tantas fotos... eu queria memorizar tudo... para o caso de não voltar a ver nada daquilo.

Pouco depois, ouvi o despertador dos meus pais.

Naquela manhã, enquanto eu tomava café com Luna, percebi que, pelo menos em casa, eu continuava sendo invisível, não tinha perdido meu poder.

* * *

O pai dele, como quase sempre, se despede com pressa, com um "até logo" que ninguém escuta. Ele nem percebe que passou mais tempo procurando as chaves do carro do que falando com o filho.

 É curiosa a importância que esse tipo de detalhe pode ganhar depois, quando já é tarde demais, quando a pessoa volta para casa e percebe que não consegue se lembrar de um certo rosto. Quase sempre agimos como se tudo que nos rodeia fosse durar para sempre, em vez de vivermos cada momento como se fôssemos perder tudo no dia seguinte.

 Quando o pai não está mais em casa, o menino começa a observar a mãe com calma. Uma mulher que não para, preparando tudo para a irmã dele, procurando a bolsa do trabalho, tentando deixar a cozinha o mais arrumada possível...

 Uma mãe que, após pegar Luna, sai de casa sem nem prestar atenção nele, sem perceber que existe um corpo na frente dela que desaparece lentamente. E assim começa uma manhã que vai ser muito diferente de todas as outras.

* * *

Todo mundo tinha saído e eu estava sozinho em casa.
Naquele dia eu não tinha pressa, não iria ao colégio, nunca mais voltaria lá. Passei a noite inteira pensando em todas as opções, e a primeira ideia que tive foi queimar os livros e cadernos. Desse jeito, pelo menos teria um motivo para não ir.
Subi para o quarto, peguei a mochila e coloquei tudo que era do colégio dentro dela. Peguei também o celular e um isqueiro.
Não sei por quê, mas fui ao quarto de Luna, fiquei um tempo olhando para a cama dela, para os bonecos, para os livros... e acabei vendo uma coisa em cima da mesa. Peguei e enfiei de qualquer maneira na mochila.
Desci para a cozinha, apaguei as luzes e saí para a rua. Continuava chovendo.
Quase voltei para pegar um guarda-chuva, mas pensei no absurdo que seria alguém ver um guarda-chuva voando sozinho pela rua, sem ninguém embaixo dele para segurá-lo.
Enquanto eu andava, pensava nas outras opções. Eu estava perdido. Eu sabia que o encontro com MM tinha sido um erro. Estava sem concentração, sem dúvida. É verdade que, nas últimas semanas, eu tinha ficado visível durante alguns momentos do dia: na sala de aula, em casa ao jantar com meus pais, no dia

em que fui fazer compras... mas em todos esses momentos eu fiquei visível porque queria. E também é verdade que, nas últimas semanas, eu tinha conseguido ficar invisível sempre que tentava. Sabia que aquele poder só não funcionava com minha irmã, mas e se agora também não funcionasse com MM? E se eu estivesse começando a perder meu poder? E se o veneno das vespas estivesse perdendo efeito?

Mas tinha outra explicação. Eu notei que a única pessoa que sempre podia me ver era minha irmã, a pessoa que eu mais amava, então... seguindo essa mesma lógica, talvez a pessoa que eu mais odiava, MM, também pudesse me ver.

Eu precisava ter certeza se a história com MM tinha sido uma falha minha, por não estar concentrado, ou se eu estava mesmo perdendo meu poder... porque, se fosse isso...

Começou a chover mais forte e corri mais rápido até chegar ao muro. Pulei e continuei correndo até entrar no túnel o mais depressa possível.

Tirei a mochila das costas e a esvaziei.

Deixei a ovelhinha de pelúcia da minha irmã num pequeno parapeito junto com as outras coisas. Não sabia muito bem por que ela estava ali, mas era como ter um pouco de Luna comigo.

Peguei o isqueiro e decidi que a melhor maneira de não voltar às aulas era mesmo queimando tudo: os livros, os cadernos, as anotações, a mochila...

Foi um pouco difícil no início, pois a mochila estava molhada, mas não os livros, então voltei a guardar tudo e taquei fogo. A mochila começou a derreter na minha frente.

Olhei também para a parede do túnel, para tudo que havia ali: os papéis, a lista, os desenhos... tudo que eu tinha colecionado nos últimos meses.

E agora?

Bem, eu precisava descobrir se aquilo tinha sido um fato isolado ou se estava realmente perdendo o poder de me tornar invisível. E existia um jeito de descobrir isso, eu só precisava esperar.

* * *

O sinal toca no colégio e todos os alunos entram correndo, sem ordem nem controle... É o que acontece quando chove: parece que o mundo vai acabar.

No interior do edifício, cada um vai para sua sala de aula, esperando o início de mais um dia.

Numa delas, uma professora entra e cumprimenta a turma sem prestar muita atenção se alguém faltou. Pega o giz e começa a escrever, com letras grandes, a palavra do dia, mas o dragão percebe uma cadeira vazia. Ele se mexe, e as costas da professora doem. Ela olha para trás e descobre quem falta.

– Alguém sabe por que ele não veio?

Ninguém diz nada.

Ela volta a olhar para o quadro e continua escrevendo a palavra. Já escreveu um I, um N, um V, outro I... e, quando está a ponto de escrever mais uma letra, o dragão se mexe de novo. Está inquieto, nervoso.

Ela solta o giz e volta a olhar para a cadeira vazia.

– Vou na sala da diretora, mas volto logo.

E deixa ali uma palavra que nunca terminará de escrever.

* * *

Um menino que não sabe mais se pode ser visto ou não deixa para trás a proteção do túnel em direção à resposta que procura.

    Caminha como um equilibrista debaixo da chuva, tentando não escorregar sobre duas retas paralelas. Avança alguns metros e escolhe um lugar bem visível, no ponto onde a reta infinita chega ao fim, para demonstrar a si mesmo que continua sendo invisível.

    E ficará ali, à vista de todos, esperando que a resposta à sua pergunta venha ao encontro dele.

* * *

O dragão entra como um tornado na sala da diretora para perguntar sobre o menino invisível, mas ela não sabe de nada, ninguém ligou para avisar que ele não iria ao colégio.

– Temos que avisar os pais – diz uma professora cada vez mais nervosa.

– Não acho necessário. Se tivéssemos que ligar para os pais sempre que...

– É o protocolo, temos que fazer isso – insiste a professora.

– Certo, como você preferir...

Ela pega o telefone e liga.

Um celular toca a vários quilômetros de distância, mas ninguém atende. Ela desliga.

Agora liga para outro número. Uma chamada, duas, três... e desta vez dá certo. A mãe atende.

Mas a conversa não desvenda a questão, muito pelo contrário: a mãe também não sabe de nada, não entende por que o filho não foi ao colégio.

A partir desse momento surgem os medos, as perguntas e a pressa. E o dragão resolve tomar as rédeas e comandar um corpo que ficou paralisado.

– Vou procurar por ele – diz, sem esperar resposta.

– O quê? – protesta a diretora. – Onde? Você ficou louca? O que deve fazer é ficar na sala de aula, com os seus alunos. Nós tomaremos as medidas necessárias, mas você deve...

Só que a professora não escuta mais nada. Ela sabe que pode se equivocar, mas o dragão, não. O dragão nunca se engana.

Pega as chaves, abre a porta do carro e começa a dirigir entre a chuva e o medo.

Sabe perfeitamente aonde deve ir, conhece o refúgio do menino, o mesmo lugar que agora poderia ser seu túmulo. Não é a primeira vez que o segue, já faz isso há muito tempo, embora ele não tenha percebido.

Faz isso desde o primeiro dia no parque, quando MM e seus amigos o surpreenderam sentado num banco e queriam bater nele. Ela ainda se lembra da reação do coitado. A única coisa que ele fez foi fechar os olhos com força e encolher o corpo, colocando a cabeça entre as pernas e esperando os socos.

Socos que nunca chegaram graças a ela, que apareceu do outro lado e encarou os agressores. Naquele momento, MM e seus amigos decidiram continuar caminhando como se nada tivesse acontecido, como se o menino invisível fosse invisível de verdade.

Eles tentaram durante vários dias, mas ela sempre estava lá.

Desde então, a professora o segue quase sempre, por isso sabe onde pode encontrá-lo.

* * *

Continua chovendo sobre um corpo que se mantém imóvel. Ele sabe que falta pouco, muito pouco. Ainda não vê, mas já sente a resposta sob os pés: um pequeno tremor que a cada segundo fica mais intenso.

Ele tem certeza de que ainda é invisível, talvez por ser a única esperança que o anima a continuar num mundo que não o ama.

Lá está, ainda bem distante, mas ele consegue ver: um pequeno ponto que cresce enquanto se aproxima.

Por enquanto, silêncio, e isso é um bom sinal.

O ponto continua se aproximando, continua crescendo, e continua o silêncio. Ele sorri.

Um sorriso que logo desaparece ao ouvir o som de um apito. Um apito que ocupa todos os espaços, um apito tão forte que é como se uma agulha atravessasse sua cabeça de um lado a outro.

"Não entendo, não entendo", pensa. "Não pode ser..."

* * *

Um carro anda muito rápido por ruas açoitadas pela chuva. A mulher que o dirige não pode se recostar porque seu dorso queima como se o banco estivesse em chamas. Por um momento, ela imagina que o dragão vai sair do seu corpo.

Chega ao local, mas não sabe onde estacionar. Não tem vaga.

– Dane-se! – grita o dragão, mais em relevo do que nunca. – Deixa o carro aí, em cima da calçada!

E ela obedece.

E os dois, mulher e dragão, saem do carro e vão em direção ao muro. Ela correndo, ele voando.

* * *

Um apito continua tocando para um menino que não acredita no que está acontecendo. Um menino que ficou paralisado, imóvel debaixo de uma chuva que parece querer sepultá-lo ali mesmo.

Um apito que evidencia duas realidades: a sua, que ele imaginou na própria cabeça, e a outra, que todos os demais conhecemos.

A primeira é essa que o faz acreditar que, após meses sendo invisível, por algum motivo perdera seu poder. Uma realidade dura, pois implicaria voltar ao princípio: aos insultos, aos socos, às risadas, à violência...

Depois vem a outra realidade, a que todos conhecemos, mas que ele nem considera: talvez esteja visível porque nunca deixou de ser. Mas, claro, isso seria admitir algo ainda mais duro para um corpo tão frágil. Significaria admitir que, nos últimos meses, todo mundo via o que acontecia, mas ninguém fazia nada para ajudá-lo. Não, ele nem cogita essa possibilidade.

* * *

Dez segundos

O apito continua tocando, cada vez mais alto, cada vez mais perto, sobre um menino que não se mexe.

A mente resolve assumir o controle na esperança de despertar um corpo que ficou inerte. Ela começa enviando pequenas lembranças de uma época em que o medo quase não existia: sua infância.

O cheiro de lenha na casa de campo; as moedas que seu avô tirava das orelhas em qualquer momento; os jogos de tabuleiro que, misteriosamente, ele quase sempre ganhava; as balas que sua avó lhe dava escondida... Os momentos em que se deitava em cima do pai no sofá para acompanhar as batidas do coração dele, até cair no sono; o sabor do macarrão que sua mãe preparava às sextas-feiras; os castelos de areia que a água sempre destruía; a pipa que ficou presa numa árvore; os primeiros dias na piscina; os cuidados que recebeu da mãe quando pegou uma gripe tão forte que passou uma semana de cama; a fada que, quando um dente do menino caía, trazia presentes que pareciam grandes demais para uma fadinha transportar; a sensação de flutuar nos braços do pai quando voltavam tarde para casa e ele acabava dormindo no carro...

O problema é que, entre todas essas lembranças antigas, a mente não é capaz de filtrar as mais recentes, as mais dolorosas: a sensação de impotência após o primeiro empurrão; as risadas dos colegas após sofrer um ataque; todos os sanduíches que terminavam destruídos no chão; as marcas nas costas que ele tentava esconder de todo mundo; o cheiro da própria urina na calça do uniforme... São essas lembranças que mantêm o corpo debaixo da chuva, sem intenção de sair dali.

Oito segundos
A mente tenta de novo, sabe que cada vez resta menos tempo para sobreviver ao impacto do desespero. Por isso, vendo que a estratégia anterior não deu certo, procura em outra parte das lembranças até que imagina ter encontrado a solução: o amor.
E voltam a chegar imagens a um corpo que continua paralisado num limbo de ruídos: o som das pulseiras quando ela mexia os braços; aquela tarde quando, sem querer, eles roçaram as mãos; o primeiro beijo na bochecha; as sardas se movendo no rosto dela quando sorria; as mensagens com carinhas sorridentes e corações roxos; os olhares antes das despedidas; a felicidade de dormir pensando nela; o pedido que fizera em silêncio no seu último aniversário; os desenhos que estão na parede do túnel: o do esquilo gigante lutando contra o guerreiro, o da pistola que aponta para as iniciais MM... E de repente aparecem outras lembranças: a palavra covarde que ela falou voltando do colégio; as conversas que deixaram de ter; os momentos em que ela estava com outros meninos e ele a observava de longe... e, sobretudo, a mancha na calça que ele imagina que ela viu e da qual deve ter rido.

Seis segundos

    Tudo treme. Ele já consegue sentir debaixo dos pés a morte que vem para pegá-lo.

* * *

Um dragão que acaba de sobrevoar um pequeno muro continua ganhando altura para conseguir ver melhor o que acontece.

E ele vê: debaixo da chuva, um corpo imóvel nas linhas de um trem que está a ponto de arrastá-lo.

Sabe que nunca chegará a tempo, mas ainda assim abre suas asas gigantes para voar o mais rápido possível, e grita, e cospe fogo, e raiva, e medo...

Sabe também que não é o trem que arrasará com a vida desse menino, nem mesmo MM. Não, quem vai acabar com essa vida recém-estreada são todas as pessoas que olharam, mas preferiram não ver; e também todas as que preferiram nem sequer olhar. Sabe que ninguém pode ser invisível sem a cumplicidade dos outros.

Ainda assim, mesmo sabendo que não vai chegar a tempo, o dragão continua voando o mais rápido que pode.

* * *

Cinco segundos

A mente sabe que resta uma última oportunidade.

Cinco segundos é o tempo limite para introduzir os pensamentos certos, então ela não pode falhar dessa vez.

Quatro segundos

A mente tem uma ideia. Quer dizer, duas. A primeira é introduzir uma mentira no corpo, uma mentira crível no meio desse universo de poderes inventado pelo menino. Uma mentira que lhe dê esperanças.

E depois, logo depois, encher suas lembranças de amor, mas de um amor do tipo que nunca acaba.

E vem a mentira...

* * *

A mentira

Não sei muito bem o que eu pensava naquele momento, só lembro que estava ali, quieto, debaixo da chuva, vendo um ponto preto se aproximar, cada vez maior.

Ah, também me lembro daquele apito insuportável, o apito do trem, um barulho que atravessava minha cabeça, o mesmo que não me deixa dormir à noite.

De repente, não sei por quê, uma ideia surgiu na minha cabeça, uma esperança... E se o maquinista estivesse me vendo por causa da chuva? Era possível, talvez fosse essa a explicação. Talvez eu fosse invisível, sim, mas debaixo da chuva o maquinista pode ter visto uma silhueta e por isso apitava. Claro! Era isso! O maquinista via apenas a minha silhueta debaixo da chuva. Não era a mim que ele via.

Aquela ideia conseguiu me animar um pouco, mas ainda assim eu me sentia muito cansado de tudo: de não ser visto pelas pessoas, de viver isolado, de Kiri não ligar para mim, de correr todos os dias, de viver daquele jeito...

Três segundos

* * *

Eu também,

eu também te amo muito,

muitíssimo,

supermuitíssimo.

O amor

Do nada, ela entrou na minha cabeça.

Eu já não via mais um trem. Via Luna vindo na minha direção de braços abertos, como fazia todos os dias quando voltava para casa.

Vi Luna pequena, no berço, dormindo, com meus pais me dizendo: "Agora você precisa nos ajudar a cuidar dela." Vi também quando ela me dava a mão para que eu pudesse ajudar com seus passinhos, vi meu medo sempre que ela caía, e minha alegria quando ela voltava a se levantar com um sorriso; vi sua mão agarrada à minha quando atravessávamos a rua, quando subíamos ou descíamos uma escada...

Também vi minha irmã em sua pequena bicicleta, tentando manter o equilíbrio sem as rodinhas, pedalando enquanto meu pai a ajudava a não cair e eu dava ânimo para que ela se levantasse.

Vi seu sorriso quando me perguntava se podia dormir comigo e eu dizia que sim; quando eu dava biscoito escondido para ela; quando, depois de um aniversário, eu entregava um docinho que tinha guardado no bolso especialmente para ela; vi Luna colocando em mim um termômetro de mentirinha e colando seus curativos de verdade no meu corpo.

Vi que a sombra que me engoliria crescia no mesmo ritmo que Luna.

E ela estava ali, na minha frente, dizendo que me amava muito, muitíssimo, supermuitíssimo. Ela estava ali pedindo que eu não fosse embora.

Foi quando vi que Luna estendia a mão para mim, pedindo que eu saísse dali com ela, dizendo que tinha medo, que não queria estar naquele lugar, que queria voltar para casa, para nosso quarto, para nossa cama... pedindo que eu contasse uma história, mas não a história do menino que não era amado por ninguém, essa não, outra... "Inventa outra, outra bonita, outra com um final feliz..."

Então estendi minha mão e segurei a dela.

* * *

E um dragão que está quase lá fica perplexo ao ver que o menino estende um braço, como se estivesse dando a mão a alguém, e se move lentamente.

Bem no momento em que desce dos trilhos, ele é carregado pelo trem.

* * *

Ele não chegou a ser atingido diretamente, foi a velocidade do trem que o fez voar, que o lançou tão longe que nem o dragão sabe onde ele caiu. Um dragão que alça um voo violento para localizá-lo.

E o vê a muitos metros de distância, caído sobre uma poça enorme, imóvel.

Desce do céu com toda a força, atravessando a chuva, o medo e os remorsos. Pega o menino com cuidado entre as garras, voltando a voar para levá-lo ao interior do túnel.

Aterrissa e o pousa suavemente no chão. E o abraça com suas grandes asas para tentar lhe devolver o calor que perdeu. Só então percebe que um fio de sangue escorre da cabeça do menino, e ao movê-lo nota que ele não respira.

E os lábios do dragão se unem aos do menino para tentar dar a ele todo o fogo que carrega dentro de si.

E sopra, sopra, sopra... tentando recuperar o fôlego de quem quase foi embora.

E sopra, sopra, sopra... ar, fogo e, sobretudo, esperanças.

E sopra...

E, finalmente, o menino percebe o fogo do dragão e respira.

E tosse.

E se mexe.

E abraça institivamente o dragão, como um náufrago abraça um salva-vidas.

E o dragão chora.

* * *

Com o menino no colo, enquanto espera a chegada da ambulância que ela mesma chamou, a professora começa a observar tudo ao seu redor. E percebe que aquele lugar é uma espécie de refúgio onde o menino tentava compensar, com suas lembranças, a maldade do mundo.

Observa vários desenhos colados na parede, desenhos feitos por uma criança pequena, pela irmã dele, ela imagina. E nesses desenhos sempre aparecem duas pessoas: uma menina usando vestido e um menino um pouco mais alto usando calça comprida e camiseta. Os dois em balanços, os dois brincando numa espécie de parque, os dois no que parece ser uma praia, os dois de mãos dadas...

Descobre também outros desenhos, feitos por alguém mais velho, talvez da mesma idade que ele: o desenho de um guerreiro lutando contra um esquilo gigante, uma pistola apontada para as iniciais MM, um menino atirando uma flecha em forma de caneta na direção de um monstro, uma vespa vestida com roupa de guerra ocupando o papel inteiro... desenhos que a professora ainda não sabe quem fez.

Descobre também vários objetos no parapeito do muro: uma pilha de revistas em quadrinhos, uma máscara do Batman, vários bonecos de super-heróis, brinquedos infantis, um porta-retratos com a foto de uma menina que a professora reconhece, uma bolinha, uma ovelha de pelúcia...

Suspira, incapaz de conter as lágrimas.

Olha para o outro lado, para a parede oposta, e ali encontra uma surpresa.

* * *

Vê o que parece ser uma lista escrita a giz na parede, uma lista imensa, com muitos nomes. Começa a ler de cima para baixo:

A professora de geografia que não me viu quando me jogaram no chão no recreio.
A mulher de vestido vermelho e o homem com uma pasta que estavam no parque quando esvaziaram minha mochila.
David e Liliana.
A senhora que carregava um carrinho de compras quando saí correndo do descampado.
O porteiro do colégio, sempre que eu saio ou entro correndo.
O professor de história.
Meus colegas Nico, Sara, Cloe e Carlos.
O guarda que fica na porta na hora da entrada.
O guarda que fica na porta na hora da saída.
O professor de matemática.
Meus colegas Javi, Iker, Juanjo e Vero.
Papai.
Dois alunos do terceiro ano que não me viram sair do banheiro.
Zaro.

A diretora.
As mães e os pais que ficam dentro dos carros na hora da saída do colégio.
Mamãe.
Meus colegas Esther, Pedro e Maria.
O pai da Esther.
A Marina e a mãe da Marina.
As mulheres que ficam nas mesinhas do café na hora da saída do colégio.
Kiri.
A mãe da Kiri.
A mulher que passou por mim quando eu voltava para casa com a calça molhada.
Meus colegas Sandra, Patricia, Silvia, Ana, Héctor...

A professora sabe o que essa lista significa. É a lista da vergonha, a lista de todos que conseguiram fazer esse menino que está em seus braços ficar invisível. Ela faz um carinho no rosto dele e o aperta com força.

E então, observando a lista, ela se pergunta: que tipo de sociedade construímos? Em que momento nos transformamos em monstros?

* * *

VISÍVEL

Poucos minutos depois, quando o ambiente é tomado pelo som de uma ambulância, o menino abre ligeiramente os olhos e, com um leve sorriso, diz uma única palavra: "Luna..."

A partir desse momento, ele voltará a ficar visível para todos. Ficará visível para todos que se aproximarão para ver, e gravar com seus celulares, o que aconteceu na linha do trem após terem escutado o apito, a freada e as sirenes.

Ficará visível para os médicos, que o atenderão assim que ele entrar no hospital, pela porta de emergência.

Ficará novamente visível para seus pais, que vão sair do trabalho mais assustados que nunca, pois não existe medo pior do que não saber o que aconteceu com um filho.

Ficará visível também para todos os professores do colégio. Professores que, com cara de preocupação, vão fingir não saber como algo assim pode ter acontecido. E ficará, finalmente, visível para a diretora. Uma diretora que vai se preocupar com a saúde do menino e, claro, com a maneira como isso pode afetar a reputação e as finanças do colégio.

Ficará visível para todos os seus colegas. Para os que não o conheciam e para os que, sabendo o que acontecia, nunca fizeram nada para impedir. Para todos esses colegas que fazem trabalhos, projetos, murais sobre "paz mundial", "ajuda aos mais vulneráveis", "harmonia entre os povos"... mas que não souberam como ajudar quem estava bem ao lado deles.

E ficará visível também para os pais desses colegas que, escutando o noticiário, lamentarão o ocorrido: "Coitadinho, espero que esteja bem. Como algo assim pôde acontecer?" Pais que nunca o relacionarão com o menino que viram no vídeo das vespas que lhes pareceu tão engraçado.

Ficará visível, claro, para todos os jornalistas que, ao saber da notícia, terão assunto para rechear suas manchetes, ainda que só por alguns dias.

Ficará novamente visível para Zaro, seu melhor amigo, um Zaro que terá que conviver com seu próprio martírio. Que passará os dias pensando no que deveria ter feito, quando deveria ter agido, como consertar o passado...

E, claro, ficará visível também para ela, uma menina que, mesmo tentando ajudá-lo com os desenhos, sabe que isso não foi suficiente. Uma menina que está chorando há dias no quarto, morta de raiva, de impotência, de amor... Uma menina que continua escrevendo uma carta que talvez, algum dia, se atreva a entregar.

E talvez, embora isso a gente nunca saiba, ele volte a ser visível para todos nós, para todos que algum dia olharam mas preferiram não ver, para os que escolheram virar o rosto, para os que adotaram como filosofia de vida: ENQUANTO NÃO ACONTECER COMIGO, NÃO É PROBLEMA MEU.

* * *

O DRAGÃO

Caminha pela rua chorando, mas sem derramar uma lágrima. Talvez porque elas tenham preferido permanecer nos seus olhos, criando um escudo que a ajuda a esfumar a realidade.

É o dragão quem arrasta um corpo que se nega a avançar, que se detém a cada passo, imaginando o que poderia ter acontecido se o trem tivesse chegado um segundo antes ou se o menino tivesse se afastado um segundo depois.

Um corpo que resolveu nunca mais fechar os olhos, suportando o peso da dor nas suas pupilas. Morde o lábio inferior até sentir o sabor do sangue; aperta os punhos até tatuar a pele com as unhas; respira com dificuldade, como se fosse ela quem tivesse um elefante sobre o peito...

Continua caminhando sem levantar os olhos do chão, como quando era pequena e pensava que, dessa maneira, os monstros não perceberiam sua existência.

Após várias ruas e milhares de pensamentos, para numa esquina. Falta pouco. Levanta a cabeça e observa, com os olhos marejados, a calçada do outro lado. Localiza o edifício que procura.

Não tem nada de especial... é mais um edifício no interior de um emaranhado de vidas, tão parecido com os outros, tão comum, tão... Mesmo assim, ela sabe que é esse.

Respira fundo e, sem querer olhar à sua volta, começa a andar intuindo que o dragão a protegerá de qualquer perigo.

Atravessa a rua.

Dá mais alguns passos até chegar à entrada. Suspira, sem saber se está preparada para o que vai encontrar lá dentro, para dar início a uma dessas conversas nas quais cada palavra parece ter um espinho.

Volta a respirar duas ou três, quatro ou cinco vezes mais, até que, finalmente, entra. E o faz mantendo o peso das lágrimas nos olhos que ainda não se atreveram a piscar.

E chama o elevador, que se abre na mesma hora.

E lá dentro aperta suavemente o botão do quarto andar.

E o elevador sobe. E ela sobe com ele.

E, junto deles, também sobe o dragão.

Ao sair do elevador, fica olhando fixamente o número em cima de uma das três portas: 4B.

Silêncio.

O elevador não faz nenhum ruído ao fechar as portas. Desaparece em direção aos andares inferiores, como se quisesse fugir de uma situação que será incômoda e dolorosa.

Bem nesse instante, a mulher fecha os olhos e deixa cair uma cascata de lágrimas sobre o capacho da entrada: *Bem-vindos*.

E fica ali, esperando, sabendo que ninguém abrirá a porta.

E sabe disso porque conhece muito bem a mulher que vive naquele apartamento, pois é a mesma que está na frente da porta, decidindo se entra ou não.

* * *

Já dentro de casa, vai direto ao quarto que a viu acordar naquela mesma manhã. Ali, começa a tirar a roupa: uma jaqueta que não a protegeu do frio instalado dentro do próprio corpo, um frio que aparece quando o mundo desaba; os sapatos manchados de lama, raiva e impotência; o vestido salpicado de sangue alheio, uma lembrança de que aquilo tudo foi real...

Fica nua na frente do espelho e, olhando para si mesma, percebe que não está sozinha. Sabe que ele continua bem atrás dela, sobre sua pele. Sabe também que, se quiser vê-lo, basta virar o corpo e, de costas para o espelho, girar a cabeça ligeiramente para trás.

E faz isso, e o vê.

Vê um dragão nascido há muitos anos, quando ela tinha mais ou menos a mesma idade do menino que quase desapareceu na frente de um trem. O problema é que nasceu tarde, quando suas costas tinham deixado de ser inocentes, quando sentiu uma dor tão intensa que imaginou que morreria lá mesmo, no chão.

Apaga a luz e, lentamente, os dois se deitam na cama. Ela de bruços, para que um dragão exausto após o incidente nos trilhos possa respirar.

E é nesse momento de intimidade mútua que os dois vão conversar sem emitir palavras, numa conversa impossível, na qual se lembrarão do que aconteceu há muitos anos, no dia em que ela quase morreu, no dia em que nasceu o dragão.

* * *

Era só mais um dia na vida de uma menina que sempre chegava à sala de aula acompanhada do medo, que saía de casa desejando que já fosse hora de voltar.

Uma menina que só se sentia segura no interior do seu quarto. Quatro paredes repletas de seres mitológicos e lugares tão impossíveis na vida real quanto eram normais nos livros que lia.

Entre todas as imagens que decoravam seu quarto, um dragão gigantesco ocupava grande parte do teto.

Um dragão a quem, durante muitos anos, ela contava tudo que acontecia no seu dia a dia. Um dragão a quem ela pedia ajuda, pois ninguém parecia capaz de ajudá-la.

Era no refúgio do quarto que ela encontrava a companhia e a segurança que nunca recebia na vida real.

Uma menina que só dormia feliz nas noites de sexta-feira e sábado, mas que começava a tremer quando o domingo terminava. Um corpo que não queria acordar de manhã, pois conhecia muito bem a solidão que encontraria ao sair pela porta de casa.

Nunca mais tinha falado com Sara, nem com Martina, nem

com Laura, três de suas melhores amigas, que foram se afastando quando ela se transformou em vítima.

Agora caminhava sozinha, vigiando cada esquina do trajeto, pousando os olhos no chão quando se aproximava daquele lugar onde só encontrava sofrimento. Talvez por imaginar que, se não olhasse para os monstros, eles não notariam sua presença.

Uma menina que, nos últimos tempos, só enxergava duas soluções para seu futuro: transformar-se em adulta num passe de mágica ou... tomar a decisão de jamais crescer.

Na verdade, já não sabia em que momento aquilo tinha acontecido. Simplesmente aconteceu com ela, que não era muito alta, nem muito baixa, nem muito bonita, nem muito feia... Não havia desculpa para justificar o comportamento de suas agressoras.

Naquela manhã, a menina saiu preparada para receber chutes, empurrões e socos de todos os tipos; também saiu preparada para levar cusparadas no lanche ou no próprio corpo; para que roubassem sua mochila e a deixassem em qualquer lugar; saiu, sem dúvida, preparada também para os olhares de desprezo, para ser ignorada e perambular sozinha na hora do recreio... Mas não estava preparada para o que aconteceu naquele dia... Na verdade, ninguém estava.

Poderia ter sido evitado? Foi a pergunta que muitos se fizeram depois do ocorrido, quando, após o desastre, restava apenas o lamento.

Sim, claro que poderia ter sido evitado, muita gente poderia ter evitado: seus colegas de turma, as amigas que nunca foram suas amigas, até as que nunca deixaram de ser; os professores que sabiam e os que não fizeram nada para tomar conhecimento; o diretor do colégio; os pais dos outros alunos que, suspeitando, pensaram que não dizia respeito a eles; até os pais dela, caso tivessem insistido em descobrir a verdade nos dias em que a menina chegava em casa suja... Qualquer um deles poderia ter evitado o que aconteceu, mas teriam que ter agido muito antes, muito antes desse dia; nesse dia não, pois os dados já tinham sido lançados.

Naquela manhã, ao sair de casa, o que essa menina nunca imaginou foi que, finalmente, se tornaria realidade o pedido que fazia todas as noites ao dragão que vivia no teto do seu quarto: *não quero mais ir à escola.*

* * *

Foi uma brincadeira era a frase que justificava tudo. *Foi uma brincadeira* quando escondiam sua mochila. *Foi uma brincadeira* quando a empurravam e aquele pequeno corpo caía no chão. *Foi uma brincadeira* quando, na aula de educação física, tiravam a roupa dela, quando cuspiam na sua comida, quando escreviam a palavra "puta" ao lado do nome dela no quadro... mas *foi só uma brincadeira*.

E, sim, o que aconteceu naquele dia também foi só uma brincadeira.

Foi na hora do almoço, no refeitório do colégio, um dos piores momentos do dia para uma menina que nunca sentia fome.

O ritual era mais ou menos igual todos os dias. Ela se sentava sozinha, sentindo-se eternamente observada, vulnerável. Comia alguma coisa, muito pouco, e ficava esperando seus monstros se aproximarem. Quando estavam por perto, sempre jogavam um pouco de comida em cima dela, para que tivesse que passar o resto do dia com a roupa suja, com manchas que ela sempre tentava esconder ao chegar em casa para que as perguntas não revelassem uma verdade muito dolorosa.

Mas naquele dia... naquele dia algo mudou bem no fundo daquela menina, talvez por estar usando um vestido lindo que tinha ganhado de presente, talvez porque tudo, até o medo, tem um limite, ou simplesmente porque o dragão já estava nascendo.

Naquele dia ela decidiu que não deixaria ninguém manchar seu vestido. Por isso, quando viu que se aproximavam, começou a comer tudo o mais rápido possível, pois assim não poderiam jogar nada em cima dela.

Mas a maldade não se rende tão fácil, e os monstros, ao ver o que ela estava fazendo, procuraram uma alternativa. Um deles se aproximou de outra mesa e pegou um prato com resto de sopa.

As três sorriram ao longe, deixando claro quem seria a vítima.

Lentamente, foram se aproximando dela.

O sinal tocou.

E centenas de corpos começaram a sair de um refeitório que ficava cada vez mais deserto, mais silencioso.

A menina, tremendo, olhou para todos os lados procurando uma saída, um lugar para onde fugir da realidade que a atingiria em cheio.

E viu essa saída na porta da cozinha.

Levantou-se e foi correndo para lá.

Imaginou que alguma cozinheira estaria lá dentro. Mas ao entrar encontrou algo que não esperava: ninguém. Talvez tivessem ido jogar o lixo fora ou fumar o último cigarro do dia... Ela estava sozinha.

Começou a tremer porque sabia que não teria tempo de achar outra saída.

A porta se abriu e os três monstros entraram.

O que aconteceu depois foi a simples consequência daquilo que todos viam mas que ninguém tentou impedir. Porque as consequências, mais cedo ou mais tarde, sempre nos alcançam.

* * *

A menina, tremendo, se agachou e começou a engatinhar pela cozinha, talvez com a intenção de ganhar tempo, esperando que um adulto aparecesse de repente e tudo aquilo não passasse de um susto, de mais uma *brincadeira*.

De joelhos, foi avançando para longe da porta, para os fundos da cozinha. Dali podia ver perfeitamente as pernas dos monstros que se aproximavam dela.

Nós vimos você, sabemos onde está, sussurravam.

A menina se contorceu toda, como um animal indefeso, no ponto mais distante da porta, bem ao lado de um grande fogão.

Só queremos te dar um pouco mais de sopa. Vimos que você comeu muito rápido e talvez ainda esteja com fome.

A menina, sentada no chão, abraçava as próprias pernas. Foi quando se arrependeu de ter tentado evitar a humilhação, algo a que já se acostumara.

Por alguns instantes, reinou o silêncio.

Por um momento, a menina pensou que os monstros tinham visto alguém e decidido ir embora dali.

Mas não.

Achamos você!, gritou uma das meninas, enquanto as outras duas riam.

E o que aconteceu logo depois ninguém lembrará da mesma maneira, embora quem estava ali nunca mais vá esquecer. Os monstros dirão que foi uma brincadeira. A menina nunca encontrará palavras para descrevê-lo.

* * *

Achamos você!

Ouvindo esse grito, a menina instintivamente se levantou com a intenção de fugir dali, de correr para a saída.

O que não percebeu foi que havia um cabo logo acima dela. O cabo de uma frigideira que aquecia azeite para a comida do dia seguinte.

Foi no início do movimento, ao levantar as costas, que ela bateu no cabo. A frigideira se moveu bruscamente para um lado e depois caiu de cima do fogão, pronta para o desastre. E isso fez a menina se agachar de novo num reflexo.

A partir daí a gravidade fez o resto: a enorme frigideira caiu lenta mas irremediavelmente em cima dela, derramando parte do azeite em suas costas.

Primeiro em cima de um lindo vestido que não a protegeu por mais do que um segundo. E esse mesmo tecido, junto ao azeite, ficou tatuado na pele de uma menina que, após gritar como nunca gritara na vida, desmaiou de dor ali mesmo.

Seu grito chegou ao exterior da cozinha, atravessando o corpo de cada monstro, percorrendo cada cantinho do colégio, alcançando as ruas, a cidade, o mundo... Um grito que acabaria, com o passar do tempo, atingindo também milhares de consciências.

Os monstros, ao verem o que tinha acontecido, saíram correndo dali, deixando o corpo da menina caído no chão.

* * *

E foi assim que eu nasci, sussurra o dragão a uma mulher incapaz de dormir, golpeada a noite toda por lembranças.

Ela chora.

E fecha os olhos com força, deixando as lágrimas escaparem pelos cantos das pálpebras.

Respira fundo e enterra a cabeça no travesseiro. Sabe que, se prender a respiração, a dor vai embora... pelo menos por um instante.

Dez segundos, vinte, trinta, quarenta...

Levanta a cabeça de repente, abrindo a boca para respirar.

Hoje, nem isso funciona. Chora de novo.

Sente-se tão pequena, tão impotente... tão perdida num mundo que não entende.

E pensa no menino, em todos os meninos que, em vez de desfrutar da vida, desejam que ela acabe.

Até quando?, pergunta ao dragão.

Até quando? Até quando? Até quando?...

Talvez até que o ser humano comece a ser humano, sussurra o dragão, envolvendo o corpo da mulher com suas asas.

Ela sente um calafrio nas costas e, pouco a pouco, se acalma.

Ainda assim, é impossível esquecer aquele dia: comendo depressa, fugindo dos monstros, entrando na cozinha, curvando o corpo junto ao chão... e, de repente, a sensação de ter sua pele se desfazendo por dentro. Dor, dor, dor... uma dor tão intensa que paralisou seu corpo.

Chora de novo.

Enterra a cabeça no travesseiro. Dez segundos, vinte, trinta... Volta a respirar.

E se acalma...

Os dois sabem que a noite será longa.

Quem dera você estivesse por perto naquela época, sussurra ela, entre lágrimas.

Quem dera você nunca tivesse precisado me conhecer, responde o dragão.

Este livro é dedicado a todas as pessoas, de qualquer idade, que alguma vez se sentiram invisíveis.

Para vocês, para nós.

Para que nunca, nunca, nunca desistam de encontrar sua Luna. Nem seu dragão.

Obrigado.

Para saber mais sobre os títulos e autores da Editora Arqueiro,
visite o nosso site e siga as nossas redes sociais.
Além de informações sobre os próximos lançamentos,
você terá acesso a conteúdos exclusivos
e poderá participar de promoções e sorteios.

editoraarqueiro.com.br